噬血狂襲
STRIKE THE BLOOD
14
黃金時光
三雲岳斗
illustration マニャ子
Kadokawa Fantastic Novels

姬柊雪菜
「劍巫」Swords-Shaman
獅子王機關的嬌柔監視者

曉古城
「第四真祖」The Fourth Primogenitor
世界最強的「怠惰」吸血鬼

麗迪安・蒂諦葉

「戰車手」Tank Rider

與鋼鐵嬉戲的異稟女童

藍羽淺蔥
「電子女帝」Cyber Empress
華麗任性的電腦天才女高中生

迪米特列・瓦特拉
「公爵」Duke of Ardeal
輕浮佻薄的「貴族」蛇夫

絃神冥駕
「殭屍鬼」The Undead
潛伏於人工島暗處的不死逆賊

Contents

三雲岳斗

illustration マニャ子

黄金時光

14

Kadokawa Fantastic Novels

序章
Intro

『MRA presents Inside Itogami!!』

『您現在收聽的電台是ＪＯＭＷ——ＦＭ紘神。時間來到了下午三點三十分。接下來這段時間，會進入聚焦於島內話題人物或事件並且做介紹的「Inside Itogami」單元，今天我們同樣是在基石之門頂層的人工島第三錄音室為各位播送節目。』

『那麼，距離讓大家記憶猶新的「深淵薔薇」事件——由「魔族特區」破壞集團深淵之陷一手主導的大規模魔族登錄證駭客攻擊發生後，正好過了兩個星期。

雖然這起事件留下的破壞痕跡還殘留在紘神市的各個角落，不過市區的修復作業目前仍加緊腳步在進行。』

『之前遲未通車的單軌列車環狀線從今日發車後便正常運作。飛機除部分國際航線外都已經重啟航運。灣岸道路據說也將在本週末解除通行管制，部分路段則保持現狀，想必有許多聽眾都為此鬆了口氣吧。』

『而要提到目前絃神島上最受矚目的人物，沒錯，就是這一位。阻止了來自深淵之陷的駭客攻擊，將絃神島所受的損害控制到最小，簡直美得過頭的天才美少女駭客——「電子女帝」藍羽淺蔥。』

『藍羽淺蔥小姐目前十六歲。在絃神市就讀高中的她是在學女高中生，然而，其實她還是內行人才曉得的天才程式設計師，於駭客圈名聞遐邇。

過去她更發表過眾多革命性的程式，獲封「電子女帝」的外號——

事發當天，才能及實際成績獲得肯定而在人工島管理公社打工的她及早察覺到深淵之陷的攻擊，就在獨斷下製作出妨礙駭客入侵的程式。以結果來說，她的行動便將絃神島從「魔族特區」破壞集團的恐怖攻擊威脅中拯救出來了。』

『光是如此就相當厲害了，不過她會一舉成名，是因為連藝人都相形失色的外表——尤其是她在事件發生後受訪所拍攝的影片，在網路上更被稱為「奇蹟的七秒鐘」，點閱次數據說已達六百萬以上。看起來真是可愛迷人，穿學校制服也非常體面呢。』

『淺蔥小姐的父親是現任紘神市議會理事——藍羽仙齋先生。淺蔥小姐本身也是自幼便住在紘神島，似乎從以前就是地方上有名的美少女，簡直可說是「魔族特區」引以為傲的偶像呢。』

『這樣的她，目前據說受了人工島管理公社的委託，正在參加復興紘神島的大規模計畫。而且她也極積地參與救濟事件受害者的慈善活動，下個月更預定會有支援紘神島復興的公益歌曲發片。她本人所拍的電視廣告也已經殺青，真期待會是什麼樣的內容。』

『在節目中，我們會等待聽眾們來訊聲援藍羽淺蔥小姐，也歡迎各位提供有關她的消息。若您對於淺蔥小姐往後活動有任何建議，曾經在街上看見她以什麼模樣出現，或者有她在私生活方面的獨家祕辛，都請儘管透過節目的網站與我們聯繫。』

『接下來讓我們聽首歌吧。這是支援紘神島復興的公益歌曲《Save Our Sanctuary》的B面歌曲，由藍羽淺蔥小姐獻唱的《單戀Parameter》——』

她將從指頭採集的血液滴入塑膠製的小容器。

滴落的深紅血滴在容器盛滿的液體中像霧一般緩緩散開。

她察覺到身體狀況有異，大約是在十天前。

實際上肉體的變化應該從更早就開始了。

她明白異常的原因。她從一開始就有所覺悟，遲早會有變成這樣的可能性。然而——

「…………」

她望著自己映在鏡中的身影，並且緊咬嘴唇。

身體沒辦法接受食物。硬要進食的她差點想吐。

外表上沒有明顯的變化。硬要說的話，大概就是眼睛像發燒似的濕潤，臉頰也有些發燙。這幾天，她一直都輕微發燒。身體似乎因此略感倦怠。

不過，並沒有嚴重到無法作戰。

她並非無法履行任務。目前，尚不到那種地步。

「沒事的……」

容器中的檢查液變成了沒看過的顏色。原本這應該是要立刻報告的狀況。

然而，她卻若無其事地將容器收回盒子裡。

要是提出報告，她就不能繼續留在這個地方。她明白這一點。

「……我……沒事的……」

她對著鏡子嘀咕，像是要告訴自己。

她還不能離開這座島。她不能將目光從他身上移開。

因為她是那個少年的監視者。

沒錯。目前，她仍是——

†

深夜的海上——

有一架航機正緩緩降落在東京南方三百三十公里處的洋面。

搭載四具渦輪導扇引擎的巨型水陸兩棲飛機。可利用湖沼或海面起降，也就是一般所說的水上飛機。

全長、翼展都超過四十公尺的機體以民用機來說大得超出規格。深紅色鑲邊的機體反射著月光，散發出銀亮色澤，尾翼畫著被飛龍拖曳的戰車徽章，君臨歐洲的夜之帝國（Dominion）——「戰王領域」的徽章。

水上飛機「夜梟」不久便降落在夜晚的海洋。它一邊濺起猛烈的水花一邊掠過海面。前方有座島嶼，浮在太平洋上的小小都市，用碳纖維、樹脂、金屬和魔法打造的人工島。

航向港口的「夜梟」正前方停著一艘遠洋船，令人聯想到莊嚴城堡的遊船，巨大豪華到幾乎俗氣的船。船桅上揚起的船籍旗幟同樣印有「戰王領域」的徽章。船名為「深洋之墓二號」——「戰王領域」的權貴兼奧爾迪亞魯公國領主迪米特列．瓦特拉的私人船隻。

貼到那艘巨船旁邊的「夜梟」停下了。巨大白茫的航跡溶於波浪，回復成寂靜如黑色鏡面的海洋。

機體上層的艙門打開後，「夜梟」的機翼上出現人影。

是個淡黑膚色的高個兒男子。年紀不明，只看長相顯得年輕，一身的威嚴與沉著卻也像老奸巨猾的武將或政客。身穿的古風大衣與長長黑髮與他精明耿直的外貌十分相襯。

「……………」

那個男子仰望華美的遊船，然後看似焦躁地發出嘆息。從夜霧中浮現的巨大船體上感受不到乘務人員的動靜，靜得甚至讓人誤以為是漂流船。

男子警戒似的瞇眼，並且在自己身邊布下一層金霧。他打算動身到「深洋之墓二號」船上。瞬時間，彷彿看準男子露出的短暫破綻，有陣藍光罩在他頭頂。

可令常人當場死亡的龐大魔力不分目標地從上空灑落。

那陣波動使夜空扭曲，進而幻化成闇蛇的樣貌。

龐大得足以具現成形的魔力聚合體。來自異界且大得占滿眼簾的召喚獸露出猙獰獠牙，毫無預警地朝男子襲擊而來。

嘖——男子面色不改，生厭似的發出咂嘴聲。

巨劍出現在他眼前。那是劍身長達七八公尺的黑色大劍。當然，那並非凡人所能揮舞的尺寸，但是——

「……舞吧，『暴食者(Ghoulah)』！」

那柄劍像是在看不見的巨臂操控下劃過虛空，將巨蛇的下顎貫穿了。

黑色劍刃的表面彷彿有無數牙齒在蠕動，劍柄更噴湧出火焰般的魔力。男子所用的劍是具備自我意識的武器——也就是吸血鬼眷獸。

即使遭魔劍貫穿，蛇散發的魔力仍未衰退。巨軀在擺動掙扎間釋放的魔力形成爆發性氣浪，想將男子連同水上飛機一塊壓扁。

迎擊氣浪的是分裂成無數的劍。男子另外召喚出眾多短劍，將巨蛇眷獸釋放的魔力波動攔截在夜空。雙方相衝的魔力彼此拮抗，大氣迸發厲鳴。緊接著——

「你滿意了嗎，『蛇夫』？」

黑髮男子厭煩似的帶著嘆息呼喚對方。

隨後，充斥洋上的龐大魔力就像幻象似的消失得無影無蹤。

取而代之出現在男子面前的是整片金霧。像黃沙一樣從半空飄落的金色微粒逐漸變成了俊美青年的身影。那是個一身純白大衣在夜裡依舊亮眼的金髮碧眼吸血鬼。

露出白色獠牙的青年——迪米特列．瓦特拉看似愉快地笑著。

純真無邪得實在不像用眷獸發動奇襲的人會有的滿面笑容。

「好不容易再會，未免太冷淡了吧，斐瑞修．亞拉道爾？」

「我來到這個偏僻的島國，並不是為了奉陪你那無聊的興趣。」

被喚作亞拉道爾的男子回望瓦特拉並冷冷說道。

瓦特拉滿意似的瞇眼聽著那些話。亞拉道爾是少數能夠招架他認真動手的實力對等的朋友。正因如此，瓦特拉才不惜用上該盡的禮數。一碰面就動手是瓦特拉表達本身敬意的問候方式。

「那麼，請容我重新打聲招呼——斐瑞修．亞拉道爾，『戰王領域』帝國議會大人。能勞駕您遠道而來，我感到不勝欣喜。」

「你在說風涼話嗎，瓦特拉？一切都是你安排出來的戲碼吧。第四真祖、該隱巫女，加上這次的『沼龍』——真有你的，居然能讓這麼棘手的狀況齊聚在此。」

亞拉道爾瞪著恭敬地低頭的青年貴族，臉孔隨之皺起。瓦特拉面對朋友那正經八百的反應，便從喉嚨發出格格笑聲。

「那是我失敬了，亞拉道爾。不過你會來這座島，是否可以想成議會的元老們終於願意入局了呢？」

「他們八成無法坐視吧，得知『棺材（Coffin）』開啟的消息。」

「而且——」黑髮吸血鬼語帶嘆息地往上看。

嬌小的少女正站在遊船「深洋之墓」的甲板上，虹色秀髮色澤如火焰翻騰般不停改變。從她微笑的唇縫間露出了白色獠牙。

「第六號的『焰光夜伯（Kaleido Blood）』嗎——」

「沒錯。之前由『混沌皇女（Chaos Bride）』藏匿的最後一道『宴席』之鑰。」

瓦特拉猙獰地微笑著對亞拉道爾嘀咕的內容點頭。那群少女被取名為「焰光夜伯」，都是為了封印第四真祖的眷獸才用人工手段製造出的吸血鬼。總數有十二具。然而其封印已經被解開十一具了。

力量仍不完整的現任第四真祖在得到第六號眷獸（Hektos）時會發生什麼事，連活了幾百年之久的瓦特拉等人也無從得知。能確定的只有一件事，那就是本應不存在的第四真祖出現，將會打亂這個世界的秩序與安定，恐怕就像覆水難收那樣絕對。

亞拉道爾依舊面無表情，只是凝視著不停微笑的老友。

「我們已經獲得戰王的恩准。不過，瓦特拉——你明白嗎？讓力量完整的第四真祖復活有何意義？你真正的目的是什麼？」

「亞拉道爾，這還用說嗎？從以前到現在都沒變喔。我所求的只有一個——」

瓦特拉作戲似的張開雙臂，然後將目光靜靜地轉向背後。在夜晚海上燦爛發光的人工「魔族特區」。貴族青年望著那裡，眼裡浮現狀似火焰的凶猛光芒。

接著他做出再簡短清楚不過的回答。

「就是戰爭。」

第一章 虛假的偶像

The Counterfeit Idol

1

有幾滴鮮紅剔透的液體落在小小容器裡。

具刺激性的甘醇香味朝四周擴散開來。

「完美……」

被譽為世界最強吸血鬼的少年——第四真祖曉古城一邊聞著那股香味，一邊發出有些陶醉的嘀咕。他悄悄地含進溫熱的液體，將那滾在舌尖上玩味。古城心迷似的閉上眼，嘴邊則露出滿足的微笑。為了享受口中的餘韻，他深深緩緩地吐氣。

「這簡直是至高無上的一滴……感覺全身都湧出力氣了。」

古城捧著喝乾的容器，背脊感動得直哆嗦。

穿圍裙的曉凪沙望著哥哥那副模樣，似乎在嫌他陰陽怪氣。

「呃，古城哥？」

「不好意思，叶瀨。我先享用了……只嚐了小小一口……咯咯咯咯……」

古城提到了不在場的學妹名字，然後又將深紅色液體送進嘴裡。這次他更大膽地加以咀嚼後才一口氣吞進喉嚨。

「欸，等一下，古城哥。」

「呼……用橄欖油炒過的大蒜，大手筆地配上自家以櫻桃木燻製的培根，配料則是新鮮洋蔥、胡蘿蔔、高麗菜以及倫巴底產的番茄，還用了香料鹽提味才做出這麼完美的義式蔬菜湯。簡直是頂級珍饈嘛。」

古城陶醉於自己烹調的湯品味道中，沒察覺妹妹的呼喚聲。再試一口味道好了——如此嘀咕的他又舉起原本用來攪拌大鍋的湯勺。於是——

「欸，古城哥！你有沒有在聽！」

「喔哇！」

氣得一肚子火的凪沙終於在古城耳邊叫了出來。

似乎嚇到整張臉僵住的古城這才回神。

「什麼嘛，凪沙，原來是妳啊……怎麼了嗎？」

「還問怎麼了嗎。你怎麼自己一個人在偷吃東西？夏音和雪菜都忙得沒空休息耶。」

凪沙雙手扠腰，還用保姆訓斥幼稚園小孩的口氣告訴古城。

古城他們正待在臨時設於寬廣公園一角的攤販型帳篷裡面。

用屏風區隔的帳篷後頭設有簡便式廚房，大量的義式蔬菜湯正在商用瓦斯爐上燉煮。四個大鍋約為三百人份，光烹調就挺吃力的勞動。古城倒覺得偷吃一點東西似乎還能原諒。

「我說過抱歉了嘛。只是試吃一點點啊。排隊的隊列已經整理好了嗎？」

「不行不行啦，人也許比昨天還多了。好像有一堆人聽說賑災發放的伙食受到好評，就特地遠道而來。雖然姑且發了號碼券，可是隊伍的尾巴已經排到公園外面去了。擺在外面的鍋子感覺快要見底嘍。」

凪沙連珠炮似的說個不停。古城從屏風探頭將公園裡的狀況看了一圈。來帳篷排隊的人龍光粗略一數就輕鬆超過兩百人，人數明顯比他前一會兒看的時候多更多了。

「我懂了我懂了。調味正好完成啦，我立刻抬出去。」

「麻煩你嘍。要是有空，拜託也幫忙補充盤子還有雪菜那邊！」

「了解。」

古城目送妹妹急忙跑掉的背影，臉上無意識地冒出苦笑。

學妹叶瀨夏音拜託他們來幫忙當義工時，古城還以為是更簡單死板的活動，實際情形卻和他設想的差多了。將食物分發給大舉湧來的民眾，感覺上比較像慶典或體育節目的調調。對原本隸屬體育社團的古城來說，他並不排斥這種熱鬧的氣氛。

等待配給食物的是眾多平凡的絃神島居民。

他們大多是兩週前恐怖分子對魔族登錄證發動駭客攻擊一事——通稱「深淵薔薇」事件

中的受害者。受惠於「魔族特區」的出色醫療體系，島上奇蹟性地無人死亡，然而胡亂召喚出的失控眷獸卻對市區造成了莫大損害。住處遭摧毀，目前被迫於避難所過著不便生活的災民大有人在。古城等人拜訪的則是在絃神市內災情尤其嚴重的地區。

帳篷正面有義工人員正在分發熱湯與飯糰給等著領食物的災民們。負責這項差事的人員總共有七八個左右，當中也有姬柊雪菜的身影。

「抱歉，我來晚了。這是讓大家久等的熱湯！」

「啊，學長。謝謝你。」

雪菜注意到腳步不穩地抬著大湯鍋的古城，便擔心地趕到他身邊。用三角巾綁頭髮的她模樣不同於往常，看起來有點新鮮味。

在雪菜背後的桌子上擺滿了成堆用保鮮膜包好的飯糰。

其實在這個賑災帳篷最受歡迎的菜色既不是豬肉湯也不是義式蔬菜湯，而是這別無花樣的飯糰。能免費吃到亂可愛的國中女生親手捏的飯糰——這樣的風聲似乎在不知不覺中傳了出去，想索求飯糰的受災者就從整個絃神島大舉聚集過來了。

領飯糰熱潮成了宣傳，再加上其他慈善團體的協助，據說募集到的捐款金額相當可觀，因此實在是世事難料。以結果來說受災者有得到幫助，或許該當成佳話就是了。

「妳才辛苦呢，姬柊。這些飯糰都是妳捏的嗎？」

「是的。這是最後一批追加的飯糰，因為米已經煮完了。」

雪菜脫下烹飪用的尼龍手套，並且為難似的蹙眉。

「這樣啊。希望夠發。」

古城低頭看了見底的飯鍋以後，便露出嚴肅臉色。

排隊的人大多是衝著雪菜她們捏的飯糰來的。假如結果發現領不到，不難想像那些人會有多失望。古城不禁擔心：總不會鬧出暴動吧？

「話說人數還真是誇張，這麼一大早的就來排隊。」

「我想大家都打從心裡期盼著熱食。因為這個地區的瓦斯和自來水似乎都還沒修好。」

雪菜語氣正經八百地回答，使得古城含糊地點頭應聲：「是、是喔。」雪菜她們捏飯糰的照片在網路造成話題這件事大概還是別告訴當事人比較好——古城心想。

從「深淵薔薇」事件過了兩週，絃神島的糧食問題基本上也已經有所改善。除了賑災飯糰以外領不到其他食物的危急狀況早就沒有了。

這次會召集義工，目的說起來也是以幫助受災者改換心情及提供娛樂為主。從這樣的角度來看，倒不是不能說雪菜她們已經充分盡到了自己的職責。

當古城如此東想西想時，想領食物的災民仍陸續湧入，準備的食物減少得非常快。為了補充食材及紙盤，義工人員正忙著到處跑。其中格外醒目的當屬有著銀髮碧眼的亮麗少女——叶瀨夏音。

「啊，大哥。」

捧著大型紙箱的夏音注意到古城的身影而留步。

夏音小時候在修道院生活，對慈善活動具備豐富的知識。即使在這次幫助受災者的活動中，身為最年輕班底的她同樣備受信賴，不像日本人的姿色更為她爭取到來自受災者的高人氣。不過夏音的個性說得好聽是溫婉文靜，說得難聽就是做事有個人的步調而略嫌遲鈍，對幾乎變成慘烈戰場的賑災現場而言，顯然是個不合用的人才。

「你來得正好。我有事情想找你談——」

帶著微笑這麼說完的夏音漫不經心地走過狹窄雜亂的帳篷。

妳先等等——古城還來不及阻止，在他和雪菜擔心的凝望之下，夏音就一如所料地絆到了東西並失去平衡。

「啊……」

「唔喔！」

「夏音！」

差點跌倒的夏音在千鈞一髮之際被古城扶穩身子。他用一隻左手抱住嬌小的夏音，夏音弄掉的紙箱則有雪菜幫忙接住。

「沒事吧，叶瀨？」

「啊，大哥、雪菜，對不起。」

夏音仍維持著被古城抱穩的姿勢，還平靜地露出微笑。那是配得上「國中部的聖女」這個綽號，讓人覺得既神聖又清純的微笑。

古城頓時對那副笑容看得入迷，夏音則恭敬地重新向他低頭行禮。

「今天非常謝謝大哥。還有雪菜，我也要感謝妳。」

「啊，不會，反正我只有幫忙煮湯。我倒覺得很高興能幫忙。」

古城被夏音冰清的眼睛一望，就害羞似的轉開目光了。

雪菜也跟著微微低頭，並且垂下肩膀發出嘆息說：

「是啊。再說這次絃神島遭受的損害和我們也不是沒有關係。」

「說、說得也對……」

古城無意識地捂著自己的胸口，露出了尷尬的臉色。

畢竟「魔族特區」破壞集團深淵之陷動手炸掉絃神島的糧食儲藏庫時，他和雪菜就在現場，而且他們沒能阻止對方的行動，眼睜睜看著糧食儲藏庫被燒掉。何止如此，現在深淵之陷的主謀之一甚至成了第四真祖的第十號眷獸，沉睡在古城體內。因此古城難免會覺得自己對絃神島陷入糧食危機有責任。

「哎，叶瀨，所以妳別介意我們了。畢竟有事做比較能排解罪惡感。」

「我明白了。不過大哥，我是真的感謝你們。」

夏音理應不知道事件詳情卻沒有逼問古城他們，只是溫柔地微笑著這麼表示。接著，她做出了指手錶的動作。

「還有，我想差不多該準備上學了。」

「咦？已經這麼晚了嗎？難怪我會肚子餓……」

古城仰望設在公園的時鐘並露出疑惑的臉色。

時間在不知不覺中接近上午八點了。不趕快去學校肯定會遲到。

幸好義工人員中也有許多在時間上較有彈性的大學生。他們在事前就說過，即使古城等人中途脫隊也不成問題。

然而因為一大早就來賑災現場幫忙煮湯，古城的胃袋已經餓得荒。要發給災民的飯糰擺在眼前，讓他覺得格外美味。

雪菜似乎是看穿古城心中有這樣的糾結，就抓準夏音離開位子的機會遞了東西過來。她用雙手端著盛了飯糰的小盤子，紙盤上排有三顆捏得比較大的飯糰。

「要是學長不嫌棄，請吃過這些再上學。因為我有幫忙預留飯糰。」

「哦，真的？我可以吃嗎？」

「是的。雖然不曉得合不合學長的口味。」

「哎，得救啦。其實我肚子挺餓的。」

古城將遞來的紙盤接到手裡以後，立刻就拿起飯糰大快朵頤。剛做好的飯糰還有一絲溫暖，烤海苔也保有鮮脆口感。不愧是手工捏出來的，儘管形狀稍嫌不美觀，品質應該算夠棒的了。內餡有基本款的烤鮭魚、梅乾以及用辣美乃滋調味的炸雞塊。古城默默地大口嚼起飯糰，雪菜則帶著一臉莫名慈祥的表情守候著他。

「——咦，姬柊，妳不吃東西嗎？」

「因為我不太有食慾……呃，味道怎麼樣呢？」

口氣幾乎像是硬改變話題的雪菜對古城問了感想。古城一邊咀嚼第二顆飯糰，一邊點點頭說：

「嗯，意外地好吃耶。」

「喔。學長是說……意外嗎……這樣啊……」

「呃……姬柊？」

「沒事，沒什麼。我去幫你倒茶。」

雪菜帶著微妙地鬧起彆扭的氣氛離去，古城用納悶的臉色目送她。而就在這時，夏音回到了帳篷。

換上國中部制服的夏音在胸前端著盛了飯糰的紙盤。

「呃，大哥。」

「叶瀨……？怎麼了嗎？」

「這些飯糰是我幫大哥準備的份。」

咦——古城眨了眨眼，然後來回看著遞過來的紙盤和夏音的表情。

「呃……叶瀨，是妳做的嗎？給我的？」

「是的。如果大哥不嫌棄，請用。」

「喔、喔喔……謝啦。其、其實我肚子滿餓的。」

古城語氣生硬地這麼說完，就從夏音手裡接下了裝飯糰的紙盤。雖然他剛吃完雪菜的飯糰還滿飽的，可是看了夏音充滿期待的表情，又覺得自己總不能拒絕。

夏音捏的飯糰幾乎和雪菜一般大，但或許是出於貼心，盤子上總共有十顆飯糰，擺得像金字塔的形狀。古城拿了其中一顆，下定決心張口就啃。儘管胃袋多少還有空間，不過和完全空腹時一比，無法否認吃的速度就是慢了些。夏音不安地望著這樣的古城問：

「不合你的胃口嗎？」

「不會，好吃啊。嗯，好吃。」

古城一邊搖頭一邊把夏音的飯糰塞進嘴裡。太好了——夏音捂胸表示放心。被看著的古

城不方便吃到一半停下來，到最後，堆得像山高的飯糰全裝到他的胃裡了。

「謝、謝謝招待。」

「粗茶淡飯，不成敬意。」

勉強把飯糰吃完的古城雙手合十，夏音則對他低頭行禮。等到夏音為了收拾用過的餐具而離開時，古城就上氣不接下氣地仰頭向天。緊接著——

「你沒事吧，學長？」

不知何時回來的雪菜一臉傻眼地關心，並且把裝了茶的紙杯遞到古城面前。古城吃夏音那些飯糰的過程，她似乎都有好好監視著。

古城感激地收下雪菜遞的茶。

「實……實在吃太多了。」

「真是的，你在做什麼嘛。有飯粒沾到臉上了喔。」

雪菜語帶嘆息地幫古城把沾在臉頰的飯粒擦掉。已經沒力氣找藉口的古城虛弱地發出哈哈笑聲。他總共吃了十三個飯糰，假設每個飯糰的平均重量為一百克，算起來他就吃了大約一千三百克的白米。即使古城被稱作世界最強吸血鬼，胃袋也實在到極限了。

「不好意思，姬柊。」

「不會，沒關係。因為我負責監視學長，這點小事情——」

當雪菜帶著雲淡風輕的臉色把話說到一半時，突然有鬧哄哄的腳步聲傳來。脫掉圍裙的凪沙衝勁十足地跑到帳篷裡。

「古城哥！」

「唔！」

原本還在摸古城臉頰的雪菜嚇得背脊發顫，急忙退開。一連咳了好幾聲的古城回頭問：

「凪、凪沙？妳怎麼忽然跑來了？」

「你們兩個在驚訝什麼啊？」

凪沙看到古城和雪菜冒出過度敏感的反應，不解地偏頭。接著她就帶著滿臉得意的笑容，將原本藏在背後的紙盤亮出來。

「算啦。重要的是你看這些飯糰！」

「咦？」

「古城哥，快到上學時間了，不過你都沒時間吃早餐對吧？這是人家事先為你準備好的，要仔細品嚐喔。而且內餡還挑了你愛吃的烤鱈魚子和美乃滋鮪魚！」

凪沙怕羞似的迅速講完以後，就把紙盤推給古城。上面擺著兩顆大得足以輕鬆超出盤子邊緣的巨無霸飯糰。

「喔、喔喔……謝啦……得、得救了。其實我肚子滿餓的……」

古城對妹妹的心意總不能不領情，只好聲音顫抖地答謝。凪沙開心地眯眼說：

「我就知道！那你快吃，小心別被看見喔。因為外面還有好多排隊等著領飯糰的人！」

哈……哈哈……古城虛弱地笑了笑，並且有些自暴自棄地瞪向凪沙留下的飯糰。他帶著祈禱似的表情閉上眼睛，說完「我開動了」之後就張開獠牙猛啃，勁道狠得好似要連盤子一起咬碎。

「…………」

雪菜望著這樣的古城嘆氣，然後同情地悄悄閉上眼睛。

2

東忙西忙的古城來到教室，是在課堂開始前一刻。吃太多飯糰導致他身體難受到極點。想早點坐下來休息的他走向自己的座位，可是——

「啊，曉，你來了！坐這邊坐這邊！」

「棚原？」

古城剛進教室就被同班的棚原夕步叫住了。對方和他從念國中部的時候就是同學，因此

關係還算熟悉。古城沒辦法不理夕步的大聲呼喚，只好坐到她前面。

到底有什麼事啊——古城心裡感到納悶，夕步則指著窗邊的空座位問他：

「欸，曉。你最近有沒有跟藍羽淺蔥聯絡？」

「淺蔥？啊……她今天又缺席啦？」

古城一邊環顧教室裡面，一邊用平靜的語氣答話。

從深淵之陷那件事發生過後，淺蔥就一次也沒有到學校。她似乎都窩在人工島管理公社幫忙復興絃神島。即使如此，古城之所以並不擔心，是因為淺蔥每天都會寄信或傳簡訊過來。內容大多是她在人工島管理公社的工作內容，有時倒也會對伙食發牢騷就是了。

「這麼說來，她昨天也寄了特別長的信給我。有提到打工忙得快死了之類的……」

「是喔。那她今天果然也向學校請假嘍。傷腦筋……我跟念小學的表妹約好，要跟藍羽合照寄給她的耶。」

微微噘嘴的夕步遺憾似的說了。她看似不捨地把玩著手裡拿的智慧型手機。

「表妹……？」古城疑惑地望著夕步問：「為什麼小學生會想要淺蔥的照片？」

「因為她是藍羽的粉絲啊。」夕步若無其事地說明：「我一說到自己跟藍羽同班，那孩子就高興得不得了。」

「喔……簡直把淺蔥當偶像了嘛。」

古城冒出有口無心的感想。即使他聽說自己認識的淺蔥有小學生粉絲，感覺就是不太真實，沒辦法坦然以對。

夕步好像對古城那種缺乏危機意識的態度有些不爽，加大音量又說：

「哪有什麼當不當偶像，藍羽就是偶像啦。再怎麼說，她隻身一人就阻止了遭到國際通緝的恐怖分子集團，是絃神島的救世主耶，會成為話題是合情合理的吧。哎，雖然只能算絃神島上的地方偶像啦。」

「類似在地名產嗎？像地方上有所關聯的戰國武將或可愛吉祥物那樣。」

「哎，差不多啦。不過在本土似乎也多少成了話題喔。你想嘛，藍羽其實是個美女啊。雖然她在時尚方面下太多工夫，有點走歪就是了。」

「反正她那樣打扮不錯啊，要說合適也算合適。」

古城一邊回想淺蔥亂花俏的髮型和服裝，一邊隨口替她護航。儘管那樣確實有種打扮到最後都是一場空的印象，但是古城並不討厭為了變漂亮而付出努力的她。

夕步聽完古城說的話，有些尋開心似的揚起嘴角說：

「沒想到你會那樣講她，感覺有點意外耶。」

「是嗎？」

「是啊。不過沒關係啦。啊，對了。曉，你有沒有藍羽的照片？」

嘴邊仍掛著賊笑的夕步突然換了話題。古城疑惑地蹙眉。

「照片?」

「對對對。我不是指班上同學的合照,而是私房照。」

「我的手機常壞掉,老是要換新機。我也不記得有沒有留她的照片。」

古城邊說邊掏出自己的手機。雖然重要的資料應該都有留下來,保留的照片卻不多。

「啊,找到了。有我們年底去蔚藍樂土的照片。」

「咦,蔚藍樂土?那很棒嘛!既然是去蔚藍樂土,就會穿泳裝吧?」

夕步興奮得挺身向前。呃——古城則露出曖昧的臉色回答:

「要說的話,這勉強也算泳裝啦。」

「……這什麼照片啊?」

夕步探頭看了手機的畫面以後,就怪罪般瞪著古城問。

上面秀出的是待在游泳池畔的古城與淺蔥。兩個人都穿著土氣的T恤,手裡各自拿著炒麵用的金屬鏟和包裝盒。

「就是我跟淺蔥一起去蔚藍樂土時的照片啊。我們在炒麵店打工。」

「我想看的不是這種照片啦!這樣哪算私房照嘛!」

「也有我們參加炸雞塊吃到飽時拍的照片喔。另外還有她成功吃完門將軒特大碗拉麵的紀念照。」

「全都是吃東西的照片嘛！為什麼你都只有這種會破壞純真小學生夢想的照片！」

明顯大感失望的夕步拉開嗓門吐槽。何苦這麼說呢——古城慵懶地嘆氣回嘴：

「所以我才說淺蔥要當偶像有困難啊。妳在對她期待什麼？」

「被你這麼一說，倒也沒錯啦。」

夕步鬧脾氣似的鼓起腮幫子。淺蔥只要不講話就是個美女，內在卻和外表正好相反，屬於和嫵媚沾不上邊的那種女生。她的個性並不是被吹捧就會高興，也沒有機靈到會去討好別人。雖然古城欣賞淺蔥那種乾脆直爽的作風，可是他怎麼想都不覺得淺蔥適合當偶像。

然而，看似還沒有死心的夕步拿了古城的手機，還擅自連線到網路上的影片網站。有陣耳熟的歌聲被播放出來。

「不過藍羽的宣傳影片就拍得滿可愛的，我喜歡耶。像正牌偶像一樣。你看這個。」

「喔，這個啊。」

古城望著手機秀出的影片，微微地聳了聳肩。目前播放的曲目是《Save Our Sanctuary》——人工島管理公社製作用來支援絃神島復興活動的公益歌曲，島上到處都在播這首歌。

獻唱的人是穿著純白夏季禮服的淺蔥。她在影片中赤腳漫步於海邊的模樣，要說是偶像確實並不會讓人感到奇怪，外界的反應似乎也相當熱烈。可是坦白講，古城並不太喜歡這段影片。

哎呀——夕步似乎看穿了古城這樣的心思，揚起一邊眉毛問：

「怎樣？你看了不滿意嗎，曉？」

「還好啦。總覺得怪怪的。」

「哦～～是嗎是嗎……就是嘛。你覺得藍羽突然變遙遠了，對不對？」

夕步賊賊地笑得像是抓到古城的話柄一樣，還自以為懂他的想法。雖然當中明顯有些誤會，不過要糾正也嫌麻煩，古城決定放著她不管。看夠了吧——要回手機的他這才走向自己的座位。

途中，有個文靜高挑的女同學找他搭話。班級股長築島倫。她一臉覺得稀奇地望著古城那支聲音外洩的手機問：

「早安，曉。你在看什麼？」

「啊，築島。這好像是淺蔥的宣傳影片。」

「絃神島復興支援歌曲？」倫朝手機的畫面瞥了一眼，立刻就像失去興趣似的搖搖頭，還莫名肯定地斷言：「雖然拍得不錯，不過那是冒牌貨喔。」

「冒牌貨？」

「嗯。大概是魔法或電腦特效吧。我倒不覺得淺蔥會自己做出那種東西。」

「這樣啊……難怪。」

古城忽然表情嚴肅地盯著畫面中的淺蔥。影片在播到她那眼熟的臉孔特寫時就停了。

「……難怪？」

倫目光銳利地瞪向古城。古城想不到合用的字眼，表情為難地瞇著一邊眼睛說：

「這段影片假假的，我一直都不太喜歡。感覺不像淺蔥的作風。」

哦──倫聽完古城說明，頓時露出溫和的微笑。她溫柔地望著古城笑了笑，彷彿想表示自己對他稍微刮目相看了。

「有時候，我會分不清楚你是遲鈍或敏銳耶。」

「那是什麼意思啦？話說築島，妳怎麼會曉得這是冒牌貨？」

「耳環。」

倫不改臉上表情，只是淡然透露出一個詞。古城帶著完全摸不著頭緒的表情回望她。

「啥？」

「耳環的顏色不一樣。」

「啊，這麼說來……」

淺蔥在拍攝宣傳影片時戴著古城沒看過的紅色耳環，上面鑲著光看就覺得價格昂貴的大顆寶石，給人的印象確實和淺蔥平時喜歡戴的藍色耳環差很多。

「欸，就只有這個理由嗎？」

「夠多了。因為淺蔥絕不可能拿掉那副藍耳環，更別說戴其他的了。」

「是、是喔。」

被倫斬釘截鐵地這麼一說，古城無話反駁。既然和淺蔥交情匪淺的倫把話說到這個份上了，古城也只能信她而已。

「再說淺蔥才不可能唱歌跳舞呢。雖然她瞞著大家，但她其實是個音痴。」

「這……這樣啊。」

倫爆料以後，古城這才釋懷。實際上，古城也曉得淺蔥不喜歡唱ＫＴＶ。明明她的音感還有嗓音都不錯，卻莫名地只有唱歌不靈光。

雖然說是為了復興絃神島，古城仍不覺得那樣的淺蔥會在人前獻唱。因為與其自己唱歌，她屬於會自己從頭製作混音軟體讓電腦代打上陣的那種人。

既然淺蔥的歌是假貨，那即使整段宣傳影片都是造假的也沒什麼好奇怪。疑心一起，感覺就連影片中的少女都和淺蔥不像同一個人了。

對古城他們來說，宣傳影片的真偽根本不重要。

畢竟偶像的歌曲和影片經人手修飾是時有所聞的事，淺蔥基本上也不是正職偶像。

問題並非有冒牌貨淺蔥存在，而是人工島管理公社為何不惜安排那樣的冒牌貨也要把淺蒽捧成偶像。

此外，還有另一個疑問。

「…………」

古城不悅地緊閉嘴脣，並且伸長了腿在自己的座位坐下來。即使通知上課的鐘聲響起，疑問仍縈繞在他的腦裡。

聽說淺蔥向學校請假，理由是要協助絃神島的復興活動。

然而，假如活動本身根本就是幌子。

那麼真正的她，現在到底在哪裡忙什麼——？

3

「影片中的那個藍羽學姊……是冒牌貨？」

當天放學後，古城與在校門前等待的雪菜一塊前往位於人工島西區的綜合醫院，目的是要探望在「深淵薔薇」事件中受傷的矢瀨基樹。深淵之陷意圖對淺蔥不利而發動襲擊，使得遭受波及的矢瀨在失血及魔法性質的傷勢下，一時之間曾陷入昏迷狀態。但他住院一週後就恢復了平時的調調，現在已經康復到會要求別人帶零嘴或垃圾食物去探病的程度了。

「那只是我們班上女同學說的意見，並沒有證據啦。」

古城說完，就開始在手上把玩裝著月票的車票夾。

幾天前才剛復駛的單軌電車車站裡大張旗鼓地貼出了紘神島復興支援企畫的海報。海報上當然是以淺蔥的照片為主，淺蔥學偶像明星陪笑的模樣確實和古城認識的她形象不同。

「可是，在『深淵薔薇』消失以後，我們一次也沒有見到藍羽學姊呢。」

走在古城旁邊的雪菜表情意外認真地如此嘀咕。

雪菜的直覺一向靈敏，或許在古城察覺有異以前，她早就對滿街氾濫的淺蔥宣傳影片感到不對勁了。

「因為淺蔥每天都會寄信給我，之前我並沒有擔心就是了。不過冷靜一想，也不曉得那是否真的是她本人打的信。」

「對啊。至少要是可以和藍羽學姊直接講話就好了。」

「即使去找她，八成也沒辦法輕易見到面。打她的電話也一直都是語音信箱。」

「畢竟藍羽學姊完全變成名人了，在國中部也常常成為話題。」

雪菜一邊穿過車站的自動驗票口一邊說。果然是這樣嗎——古城似乎到現在才心生感慨。淺蔥當在地偶像的活躍度好像比古城想像中更為外界所知。

「哎，先找矢瀨商量吧。再說他也許知道內情。」

刻意嘀咕得滿不在乎的古城到了車站外頭。

矢瀨基樹和淺蔥是青梅竹馬，還有個在人工島管理公社任職幹部的哥哥。與其由古城他們替淺蔥瞎操心，讓矢瀨幫忙探情況才會更迅速確實。

而矢瀨入住的醫院是位在車站前面的醒目大廈。古城已經來探望過好幾次，因此知道病房的位置。

古城和雪菜在櫃台登記姓名領了通行證，然後便轉搭電梯到矢瀨的病房。抵達目的地以後，他們倆卻在病房前愕然停下腳步。

「咦……？」

古城朝空病房看了一圈，然後呆頭呆腦地驚呼。原本供矢瀨使用的病床被收拾得乾乾淨淨，帶進來的大量私人物品都不見了。

掛在病房門上的住院病患名牌也在不知不覺中拿掉了。矢瀨似乎和古城連半點聯絡都沒有就出院了。

「你們是矢瀨小弟的朋友嗎？」

身穿護士服路過的女性朝杵在原地的古城問了一聲。對方是他以前來探病時曾見過幾次的年輕護理人員。

「啊，是的。那傢伙什麼時候出院的呢？」

臉上顯露出對矢瀨不滿的古城問。護理人員看似有些困擾地微笑說：

「與其說出院，應該叫轉院才對。昨天晚上，他的大哥過來把人帶走了。」

雖然這件事要保密——護理人員在嘴脣前豎起手指，像是在對待小朋友的可愛舉動。

「矢瀨的老哥？」

「當時還有好多護衛呢。矢瀨小弟的爸爸似乎是人工島管理公社的大人物，我了解他們擔心的心情就是了。」

護理人員說完便微微嘆氣。矢瀨兄弟的父親——矢瀨顯重曾是人工島管理公社的名譽理事。而且他在「深淵薔薇」事件中遇刺，如今仍生死不明。

結果，為了爭奪顯重繼承人的寶座，矢瀨的親戚似乎正如火如荼地展開勾心鬥角。矢瀨兄弟會防備二度暗殺，反倒是理所當然的事。

矢瀨突然轉院，或許跟這些內情也不是毫無關係。之所以沒有聯絡古城他們，恐怕也是顧忌到警備方面的因素才對。

「請問妳曉得矢瀨是轉去哪間醫院嗎？」

古城抱著姑且問之的心情開口，護理人員便笑著搖頭。

「這我不清楚耶。即使知道也不能透露就是了。」

「我想也是。」

深深嘆息的古城對看護人員答謝後就離開病房了。他腳步沉重地回到走廊，然後又轉搭電梯來到醫院外頭。

「這是怎麼回事呢？」

雪菜仰望悶不吭聲的古城，並且自言自語似的問了。

誰曉得——古城無助地舉起雙手說：

「轉院是可以啦，不過連個聯絡都沒有就讓人掛心了。矢瀨的老哥又沒有理由要綁架自己的弟弟，我們應該不需要擔心就是了——」

矢瀨轉院；淺蔥長期缺席。狀況固然有些特殊，雙方的行動卻都沒有不自然之處。古城他們沒理由操心。

可是，連算得上事件的事件都沒有發生，古城就接連失去和朋友聯絡的手段。這一點讓他感到不安。保險起見，古城試著傳了簡訊給矢瀨，卻一如所料沒有回訊的動靜。

「學長？」

雪菜納悶地望向停在行人穿越道上的古城。

古城則仰望位於交叉路口的眼熟招牌說：

「啊，沒事……我想到這間醫院是在淺蔥家附近。」

「是這樣嗎？」

「隱約有印象而已啦。」

古城朝愣愣地眨著眼睛的雪菜隨便點頭。印象模糊歸模糊，但他記得在元旦拜訪淺蔥家時，有經過這個交叉路口。

「反正都來到這裡了，我們去和董小姐見個面吧。」

「董小姐？你是說藍羽學姊的母親嗎？」

「再說或許可以打聽到淺蔥的消息——啊，姬柊，妳不用勉強跟來沒關係。」

「不，請讓我一起去。像這種時候才應該好好監視學長的行動。畢竟藍羽學姊的母親是一位非常漂亮的女性——」

雪菜露出認真無比的臉色要求。古城不禁睜大眼睛問：

「等一下！妳在擔心什麼啦！」

「請問學長要不要試著回顧自己過去的所作所為呢？」

古城被半瞇著眼的雪菜一瞪，就好似滿腹苦水地歪了嘴。以往他確實在情非得已的狀況下吸過幾個女孩子的血，然而總不可能發生連淺蔥繼母的血都吸的情形——應該不會。

淺蔥家位在座落於平緩坡道上的高級住宅區一角。沿著優美的行道樹走，熟悉的和洋折衷式房屋便逐漸出現在眼前。

「妳看。走這條路沒錯吧？」

「是的。不過……」

望向房屋四周圍牆的雪菜忽然停了下來，古城也立刻察覺她止步的理由。因為淺蔥家前面的道路被鐵管搭成的路障封鎖了。

站在路障前的是配備有槍械的眾多警衛。

「特區警備隊……？」

雪菜看了他們所穿的制服而低聲冒出驚呼。封鎖道路的並非一般警員。被稱作特區警備隊的這些人負責在「魔族特區」維護治安，是直屬於人工島管理公社且專門對付魔族的武裝警備員。

布署在房屋周圍的人力恐怕有兩個分隊——約十人左右，路障後面還停著裝甲車。雖然淺蔥的父親是任職絃神市理事的重要人物，但即使要保護他，派出這樣的大隊人馬顯然太多餘了。

儘管嚴密的警備確實在一瞬間令人心生畏怯，可是都來到這裡了，總不能什麼都沒有做就打退堂鼓。古城盡可能裝成人畜無害的高中生，然後找了一名警備員搭話。

「呃，不好意思。我朋友的家在這前面——」

「請問你朋友的名字是？」

體格壯碩的警備員面無表情地轉過頭來，而且臉上仍戴著防護面具。古城用手指向位在路障後面的房屋說：

「呃……她叫藍羽淺蔥。住在那邊的藍羽家。」

「藍羽淺蔥小姐是嗎？請亮出許可證。」

「啥？許可證？」

警備員出乎意料的要求讓古城愕然地反問。

「進入前面的區域需要有人工島管理公社所發的許可證。沒帶證件的人不准通行。」

「呃，請等一下。畢竟前陣子根本就不用那種證件——」

「……學長。」

古城想跟對方理論，卻被雪菜悄悄地拉住手臂。古城頓時臉色緊繃。不知不覺中，待在路障後面的眾多武裝警備員已經舉槍預備了。軍用自動步槍的槍口大剌剌地對著古城的胸膛。

假如古城想硬闖路障，對方肯定會扣扳機才對。因為那就是他們的任務。

「我們走吧，姬柊。」

古城嘔氣似的張開雙臂，並且開始折回他們原本走過來的路。雖不明白詳情為何，但他直覺再交涉下去也沒用。

然而，這一趟並沒有白跑。古城可以確定的只有一件事。

正牌的淺蔥不現身並非出於她自己的意志。有人打算讓淺蔥與外界隔離。連人工島管理公社都能隨心操控的某個人——

「感謝兩位配合。」

武裝警備員用公事公辦的口氣朝古城他們看似焦躁地不停走著的背影這麼說道。

古城直到最後都沒有回頭。

4

淺蔥身穿熟悉的制服，還帶著脫俗的笑容回答問題。她到了絃神島當地播送的電視節目當特別來賓。

「……………」

矢瀨基樹躺在床上，生厭似的望著淺蔥映在電視螢幕上的身影。那影像確實製作得相當精巧，可是看起來太過自然，感覺反倒不自然。正在接受訪問的淺蔥是冒牌貨。古城那邊差不多也該察覺狀況不對勁了。

反過來說，這也代表假如不是像矢瀨或古城這樣熟知淺蔥的人便不會察覺淺蔥被假冒就是了。

矢瀨知道公社不惜準備精緻的假影像，也要將淺蔥捧成偶像的理由。「深淵薔薇」導致絃神島受到莫大損害，眾多市民暫時得面臨極大的不方便，因此絃神島需要有復興的精神象徵來排解他們的焦躁與不滿。

就這層意義而言，淺蔥是最恰當的人選。畢竟她是從「魔族特區」破壞集團手中救了絃神島的天才城市設計師，又是在學的高中女生。要將她包裝成在地偶像推銷出來，有這些頭銜應該就夠了。

而且靠著媒體讓淺蔥上鏡頭，就算她本人不見蹤影也沒有人會發現。為了將覺醒為「該隱巫女」的淺蔥和外界隔離，人工島管理公社正在利用她的人氣。

整件事實在荒謬透頂。

但即使明白這些，矢瀨也無能為力。他被深淵之陷用槍射傷的腳總算痊癒了，濫用過度適應能力以及攝取過多能力增幅劑卻讓內臟大受損傷。短期內別說使用能力戰鬥，大概就連監視古城都辦不到。而且那起事件過後，矢瀨就聯絡不上他稱為「女友」的獅子王機關三聖之一——閑古詠。

結果矢瀨所能做的，只有擺一副臭臉看著電視上播的冒牌淺蔥而已。

突然間，有人門都不敲就推開了矢瀨病房的房門。進房的是個有菁英派頭，而且長相具知性的男子。那是比矢瀨大十歲，和他同父異母的哥哥矢瀨幾磨。

「傷勢的狀況如何，基樹？」

幾磨身穿剪裁合身的歐洲製西裝，俯視著一身運動服的弟弟如此問道。表情明顯有所警戒的矢瀨則無言地回望哥哥。

幾磨是在北美聯盟知名大學研究所取得碩士學位的菁英分子，更是在人工島管理公社擔任都市管理室長的忙碌男子。矢瀨不認為這樣的他會毫無理由地過來探病。

「老哥，你是什麼意思？幹嘛把我帶來這種地方？」

矢瀨看了轉院後還不熟悉的病房一圈，然後提出質疑。

他被帶到位於人工島北區研究所街的製藥公司附設醫院。與其稱為醫療機構，倒不如說是旨在進行新藥臨床實驗的設施，擁有高科技卻讓人感到枯燥乏味的建築物。手機之類的電子用品都在入住時被沒收，因此他也無法向古城等人通知自己轉院的消息。

幾磨卻有些不解地回望弟弟不高興的臉問：

「你不滿意這個房間？我倒是聽說這算最頂級的個人房了。」

「問題不在這裡啦。你到底在想什麼？那是不能對我說明的事情嗎？」

「我對你並沒有隱瞞事情。畢竟瞞了也沒有意義。」

能力。

幾磨說完就淡淡地笑了。矢瀨是過度適應能力者——不需依靠魔法的天生超能力者。只要備齊一定條件，就算遠在幾公里外也能聽見別人的談話內容。幾磨比誰都了解弟弟的那種能力。

「讓你轉院是基於警備需求。因為住普通的病房似乎無法徹底將你保護好。」

「保護？保護我？」

幾磨所說的意外話語，讓矢瀨露出了難以形容的臉色。

「到底有誰會想要我的命——」

「矢瀨家的當家大權要讓你繼承，由你來代替表面上遭到暗殺的老爸。」

幾磨開口打斷弟弟的疑問。矢瀨一時間聽不懂他的意思，整個人愣住了。

「你的意思是……要我擔任當家之主……？」

「沒錯。在你成年以前，這大概會是暫定的形式。」

「怎麼可能！家裡那些人才不會接受你這樣亂搞吧！」

連自己人在醫院都忘記的矢瀨放聲大吼。

提到矢瀨家嫡系的當家之主，可是自古以來就在政經界呼風喚雨且坐擁巨資財團的統帥。要得到如此龐大的權力，需要非比尋常的器量。

假如政治實力沒有強得足以讓老奸巨猾的族中大老們閉嘴，八成不消多久就會被壓力擊潰，並且踏上悲慘的末路。

「基本上我又不是當家之主的料子！你不是比我更合適嗎！」

「我終究是情婦所生。假如我有遺傳到家族的特殊資質或許還有辦法轉圜，但是在我身上並沒有發現任何過度適應能力。」

幾磨冷靜地據實以告。矢瀨一家是代代都有眾多優秀過度適應能力者輩出的家族，據說現任當家矢瀨顯重便擁有格外強大的力量。而在幾磨身上到最後並沒有發現這樣的能力。儘管他擁有無可挑剔的手腕卻沒有被選為矢瀨家的繼承者，理由便是在此。

「基樹，可是你不一樣。你是禁忌四字（YAZE）一族的正統繼承者。為了讓那些愛說長道短的老頭子閉嘴，下任當家非得是你不可。」

「假如我說不配合……你又怎麼辦……？」

幾磨平靜地對用苦澀語氣提問的矢瀨笑了出來。

「那也無所謂。只要你放棄繼承權，生命應該不至於受到威脅。可是，那樣好嗎？那樣一來就沒有任何人能保護你的母親了喔。」

「所以你從一開始就沒有打算讓我選擇吧。」

矢瀨像個賭氣的小孩一樣撇嘴。幾磨則用毫不愧疚的態度搖頭。

「別擔心。麻煩的實務和細節由我來打底。要將監護者或輔佐的頭銜加在我身上，都隨

你高興。當然要是你想自己來，那我倒不會阻止。」

受不了——矢瀨大大地搖頭，然後粗魯地一頭倒在床上。他指向電源一直開著的電視畫面，用故作沉著的口氣問：

「我想弄清楚一點，那齣鬧劇不是你安排的吧？」

「藍羽淺蔥——『該隱巫女』嗎？」

幾磨冒出微微咂嘴的動靜。和矢瀨是淺蔥的青梅竹馬理由相同，幾磨對她的事情也很熟悉。人工島管理公社在利用淺蔥的這件事也讓幾磨感到不快。矢瀨理解這一點以後，臉色就溫和了些。

「現在要救她還有希望，只要你肯協助我們。」

「協助『你們』……？」

幾磨無心間的嘀咕讓矢瀨「哦」地蹙起眉頭。因為那聽起來像幾磨在暗示另有協助者會幫忙他們。

他們要篡奪矢瀨家的當家寶座，並且確保淺蔥的人身安全。某方面來說，那等於對人工島管理公社揭起反旗。矢瀨並不覺得說找就能找到肯協助這項魯莽計畫的人。

你是什麼意思——納悶地如此提問的矢瀨身後傳來了些許空氣搖晃的動靜。理應沒有別人在的病房一角，突然冒出嬌小的人影。

「你和監護人談完了嗎？」

在訝異的矢瀨背後傳出咬字不清——卻又顯得高傲的嗓音。他回頭一看，視野角落便有豪華禮服的荷葉邊正搖晃著。

「妳怎麼會……？」

矢瀨望著憑空現身的女子咕噥。

那是個氣質與人偶般年幼的樣貌正好相反，讓人覺得不可思議地具有魄力的女子。

她既為矢瀨的導師，亦為彩海學園的英文老師，同時也是冷酷無比，讓歐洲魔導罪犯對其綽號「魔族殺手」聞風喪膽的攻魔師。

「因為你的父親，還有現在的人工島管理公社理事會都有欠於我。假如你為了將來的出路在煩惱，我倒不是不能陪你商量喔，矢瀨基樹。」

「空隙魔女」——南宮那月如此說完，就驕傲地「哼哼」笑了。

5

在絃神島特有的炙熱陽光下，煌坂紗矢華正站在一棟公寓前。她的左肩揹著裝鍵盤用的大型樂器盒，右手則拖著長年使用的行李箱。而且，她左手還握著銀色的鑰匙。尋常無奇的公寓用智慧型鑰匙。

然而，紗矢華卻珍惜地把那隻鑰匙當昂貴藝術品似的緊緊握著說：

「這就是……這就是雪菜公寓的備份鑰匙……！」

她感動得肩膀發抖。

紗矢華仰望的那棟公寓正是雪菜為了監視第四真祖而暫居的房子。那個房間的備份鑰匙是今天才送到紗矢華手上的。

「我會收到這個，就表示和雪菜的室友關係復活了……！我們可以在獅子王機關公認下同居，對吧！」

呵呵呵呵——紗矢華一邊冒出詭異的笑容，一邊解除自動鎖進入公寓當中。目的地是雪菜住的七〇五號室。旁邊七〇四號室則是她負責監視的第四真祖——曉古城的家。

搭電梯到七樓的紗矢華望著寫有「曉」的門牌。

「雖然曉古城住在隔壁讓人不滿意，看在當鄰居的情面上，沒辦法嘍。要我在他賴床時過去叫醒他，或者一起吃個飯倒還可以！」

臉紅的她像在找藉口似的自言自語。接著她來到七〇五號室前，打開玄關的門鎖。

「抱歉，我自己進去嘍，雪菜。」

感覺不到雪菜他們已經回家的跡象。紗矢華一邊低聲咕噥：「打擾了。」一邊走進雪菜的屋子裡。這裡在文件上是登記成獅子王機關的資產，因此並不算非法入侵，但是踏進別人私生活空間的罪惡感仍會尾隨而來。

不過，紗矢華的那些罪惡意識在看到房間裡面時，瞬間就雲消霧散了。因為雪菜的房裡幾乎沒擺任何可以感受到私生活的物品。

組合式的簡樸床鋪和置物櫃、可兼當餐桌的小桌子。

這就是擺在雪菜房裡的所有家具。敞開著的衣櫥裡只放了彩海學園的備用制服和寥寥無幾的便服，大部分的便服都是紗矢華擅自幫雪菜選好寄來的。

「真是的，她還是老樣子……」

紗矢華環顧冷清的客廳，深深地發出嘆息。

雪菜從待在高神之杜時就一點也沒有改變過。獅子王機關的任務就是她生活的一切，和任務無關的私人物品全被剔除了，簡直像在主張她自己隨時都可以消失一樣。

太過純粹而導致的脆弱無助——

這一點讓紗矢華非常焦慮。

對從小就失去家人的紗矢華來說，雪菜比親姊妹更親，因此她希望雪菜能活得幸福。即使逃不過在獅子王機關當劍巫的職責，雪菜還是能找到自己的幸福才對。

而且，紗矢華覺得她有責任教會雪菜這一點。換句話說，這表示她強調得還不夠。她得更積極地表現出愛情，好讓雪菜明白她有多珍惜這份情誼。她得讓雪菜了解，要是雪菜消失，會有人感到傷心——

「……咦，奇怪？」

紗矢華的目光忽然停在放教科書等雜物的置物櫃前面。置物櫃上頭擺了用來裝小東西的木製收納盒。坦白講，盒子裝的都是看起來沒什麼價值的雜物。箱根溫泉旅館的小冊子、用過的渡輪票根、畫了萬聖節圖案的零食空盒、看似電玩中心獎品的貓咪布偶，還有曉古城的照片——

可以感覺到在雪菜缺乏生活感而冷清的房間裡，似乎只有那個收納盒被溫馨的暖意圍繞著。雖然紗矢華不太願意理解，但她就是看得出來雪菜珍惜著那裡面所蘊藏的回憶，而且那些回憶應該大多和曉古城有關。紗矢華對此感到惱火。

「總覺得很不爽。曉古城憑什麼——」

紗矢華一邊嘟嘴一邊坐到雪菜的床上。

她把臉貼在雪菜的枕頭上吸氣，想設法讓不安分的情緒冷靜下來。假如雪菜能找到自己珍惜的事物，對她來說也是值得慶幸的事，但她不滿意那是出自曉古城的影響。

畢竟那個男生是可以用世界最強吸血鬼的稱號來擔保其危險性之高的人物，個性粗枝大葉又好色，不只對雪菜伸出狼爪，還對紗矢華做過種種不檢點的行為。光有這樣的男生在雪菜身邊，紗矢華心裡就七上八下。

不過既然紗矢華現在拿到了雪菜房間的鑰匙，她就不會繼續縱容曉古城。為了不讓曉古城對雪菜造成更深的負面影響，往後她要好好監視。獅子王機關的高層恐怕就是為此才派她過來的，不會錯。

「嗯？」

重新下定決心的紗矢華起身以後，臉色忽然變得僵硬。因為她發現有個容器像用藏的一樣，就擺在雪菜的收納盒後面。未經裝飾的容器表面印了用英文寫的密密麻麻的使用需知。那是只有在「魔族特區」販賣的特殊醫療品的包裝。

「簡便檢驗器材組……這是什麼……？」

紗矢華粗魯地拿起容器。容器封口是開的，裡面有滴入一滴血液就可進行檢測的檢查劑，還有用來測定基礎體溫轉變的圖表紙。

「雪菜……」

紗矢華看了圖表紙上面記載的數字，嘴唇變得蒼白且發抖。

目瞪口呆的她彷彿站得腦袋發昏，當場跌坐在地。

夕陽從窗簾縫隙照入，將就此動彈不得的紗矢華臉上染成紅暈。

6

位於絃神島中央的巨大建築物「基石之門」的外圍——古城和雪菜正在面對二樓露臺的露天咖啡座各自啜飲著飲料。

店面正前方是基石之門的西側入口。從那裡搭透明電梯到頂樓，便有絃神市的地方電台「ＦＭ絃神」的錄音室。據說淺蔥正在那裡上廣播節目，古城等人才會專程過來看狀況。他們也懷著淡淡的期待，假如正牌的淺蔥有來電台，只要守在這裡應該就會看到她經過。

打著這種算盤的人似乎不只古城和雪菜。在基石之門入口聚集了疑似淺蔥粉絲的人們，都在等她出來，也就是俗稱「堵人」的行為。待命中的粉絲數目總共近三十人。他們幾乎都是國高中生，男女比例大約六比四，以女生居多。古城感覺自己重新目睹了淺蔥身為在地偶像的人氣。

「姬柊，妳不吃嗎？這個似乎滿有名的耶。」

古城指著放在托盤上的甜甜圈問。為了在咖啡廳久待，他們姑且先點了東西。儘管有以好吃聞名的甜甜圈，不過遺憾的是古城今天處於吃不下油膩食物的狀況。早上吃太多飯糰的影響隱而不顯地留到了現在。

「不，我不用。對不起，我不太有食慾。」

雪菜說完便低下頭。她幾乎也沒有碰自己點的柳橙汁。若是古城記得沒錯，雪菜應該也沒有吃早餐。

「不用對我道歉啦，可是妳沒事吧？臉色看起來不好耶。」

古城關心地探頭看向雪菜的臉。拜訪過淺蔥家以後，他就一直掛心，今天的雪菜給人有些虛弱的感覺。原本白皙的肌膚感覺更蒼白了，眼睛看起來似乎也像發燒一樣濕潤。

然而，雪菜不知為何卻堅定地搖頭說：

「不，我沒有任何大礙。我想是因為氣溫略低的關係。」

「……氣溫低？」

妳說的是認真的嗎？古城板起臉孔。浮在太平洋正中央的絃神島受溫暖洋流及濕度的影響，即使在盛冬也相當溫暖。倒不如說，氣候實在是熱。而且這家露天咖啡座會西曬，熱得光是坐著就會出汗。

假如雪菜這樣還覺得冷，代表她的身體出了什麼嚴重的問題。

「唔……！」

雪菜突然當著露出嚴肅臉色的古城面前咳嗽了。

「姬柊……？」

「沒事的，我只是稍微嗆到。真的沒有任何大礙。」

雪菜臉色痛苦地制止焦急得打算起身的古城。可是和本人所說的正好相反，她的模樣怎麼看都不像沒問題。不停喘氣的雪菜看起來也像在忍耐著不要吐。

「妳這不叫沒事吧。畢竟今天我們很早就去幫叶瀨的忙，我看妳是不是累了？今天先回家休息啦。」

「可是，我們還要確認藍羽學姊平安——」

「再說妳想嘛，守在這裡又不能怎樣，或許等一等她那邊就會聯絡我們了。我姑且也有在語音信箱留言。」

古城語帶嘆息地試著說服雪菜。人工島管理公社的動向確實可疑，但目前淺蔥並沒有處在會遭遇危險的狀況。古城沒理由讓雪菜勉強在這裡等待不知是否會出現的淺蔥。

然而，雪菜不知為何賭氣地堅持說：

「不，我不要緊。我們再多觀察一下情況。」

「沒關係啦。妳偶爾也會有身體狀況不好的日子吧。」

「學長是什麼意思？性騷擾嗎？」

語氣敷衍的古城想說服雪菜，就被她不滿地瞪了。為什麼啊——古城撇嘴抱怨：

「我說啊，別人難得關心妳……」

「總之，我的身體狀況沒有問題。不說這些了，我們再去一次藍羽學姊家吧。這次我會試著用式神調查。」

「哎，假如妳要這樣，我是樂得輕鬆啦——」

古城洩氣地垂下肩膀並且對頑固的雪菜屈服了。與其耗在無謂之爭上，他寧可隨便探一探淺蔥家裡的狀況，然後盡快抽身。

古城將杯裡剩下的冰咖啡喝完後就往咖啡廳外頭走。

隨後，他受到彷彿踏入陌生世界的異樣感侵襲。

「……咦？」

令人顫慄的寒意從古城背脊閃過。本能告訴他有危險。

「學長，請退下！這是驅人的結界！」

雪菜從揹在背後的吉他盒抽出銀槍。金屬製槍柄滑動伸長，三道折疊的槍刃像戰機機翼一樣展開。

她迅速將槍身一轉，壓低姿勢。徹底的備戰狀態。

「結界……呃，是什麼時候……？」

古城愕然嘀咕。

露天咖啡座的客人及店員，還有聚在基石之門入口的淺蔥粉絲，都在不知不覺中消失得一個也不留了。只剩古城和雪菜在場。

光天化日下，有人在這樣的市中心地帶發動魔法攻擊。犯人的目標應該是古城或雪菜——或者兩者皆是。而且……

「那傢伙是誰……！」

有道人影從化為無人地帶的基石之門入口靜靜地走出來。

察覺有人現身的古城驚呼。那是用白色連帽斗篷罩著全身的修長身影。

對方和古城他們的距離約為三十公尺。即使離得這麼遠，還是可以明確感受到來者釋出的異樣氣息。

與其說殺氣或敵意，感覺更接近暴風雨來臨前那種緊繃的寂靜，好似一有些許動靜就會化為狂風掃盡一切的駭人氣息。

「學長，請你小心……那個人很危險。」

雪菜語氣有些畏懼地提醒。

「這、這樣啊……可是，那傢伙又沒有——」

帶任何武器不是嗎？古城剛嘀咕完，披著白斗篷的身影就蹬地有聲而凌空躍起。對方憑著無視重力的異常身手和古城他們拉近距離。

「『雪霞狼』！」

雪菜手握的銀槍被青白色光芒籠罩。能斬除萬般結界，令魔力失效的神格振動波光輝。伴隨著灑落如顆粒的光輝，雪菜衝向前去。她打算迎戰白斗篷，保護愣在原地的古城。

可是，白斗篷的身影在雪菜眼前消散了。

靠步法使出的假動作與飛快重心移動所產生的殘像。

白斗篷輕易閃過了雪菜更勝獸人反應速度的攻擊。雪菜立刻舞出槍花並順勢施展無數連擊，卻仍然無法捕捉白斗篷的身影。

白斗篷穿過了雪菜的猛烈攻勢，像在嘲笑她似的落在一動也不動的古城跟前。

古城反射性擺出防禦架勢，白斗篷伸齊五指探向他的胸口。其指尖發出了魔力構成的無形利刃。

「——唔！」

古城的身軀隨著潰不成聲的慘叫而彈飛。他胸前的制服裂開大片，喉嚨湧出鮮血。若非不老不死的吸血鬼，受了這種衝擊即使當場斃命也不足為奇。

「曉學長！」

雪菜看了古城受傷的模樣，眼中湧現怒色。以槍柄頂地的她靠反作用力一舉拉近和白斗篷間的距離，並且迅雷不及掩耳地運用自身體重出招。

結果白斗篷依舊背對雪菜，從容地當著她的面閃過攻擊。

絕望性的實力差距。雪菜身為獅子王機關的劍巫，卻單方面受制於人。

白斗篷連帽底下的臉看似失望地搖頭。那修長的輪廓在眼中變成了雙重疊影。

「怎麼回事……居然……分身了？」

白斗篷的肉體在古城張口結舌地凝視之下開始分裂。那並非瞬間的殘像，而是完整的分身。為了同時打倒古城和雪菜，對方用魔法製造出另一具分身。

兩名白斗篷各自伸出左臂，從張開的手掌中冒出了無數光球。不久後光球越發明亮，還變形為尖銳的光箭。

「靈弓術！會用這一招，莫非——！」

雪菜的表情因恐懼而緊繃。

在罩著整顆頭的白斗篷連帽底下，潤澤朱脣揚起一抹笑意。

「——狻猊之神子暨高神劍巫於此祀求！」

後退的雪菜重新持槍並低垂目光，靜靜地調整好呼吸。莊嚴禱詞從她的脣間湧現。為了保護負傷無法動彈的古城，雪菜想布下令魔力失效的結界。

無論白斗篷的魔法再怎麼強，也破不了神格振動波的結界。

「太慢了——」

趕在雪菜的結界完成以前，她腳邊的地面裂開了。

身穿生鏽鎧甲的活屍從裂縫中出現。屍首全身上下的肉都已腐敗脫落，只剩連接骨頭與關節的肌腱。頭蓋骨當中空空如也，腦與眼球都沒有裝在裡頭。可是那具骸骨卻能舉起生鏽的長槍，並阻礙雪菜施展咒術。

「唔……啊……！」

雪菜用「雪霞狼」擋下屍體使出的一記槍招。然而，骸骨士兵靠著過人膂力強行揮舞兵器。嬌小的雪菜無從招架地被彈飛，並且重重地摔在柏油路上。

「姬柊！」

古城硬是拖著受傷的身體站起來。

襲擊雪菜的骸骨士兵是白斗篷用魔力創造出來的使役魔。身手迅速得一反外表給人的印象，更具備正常生物不可能有的過人臂力。

古城瞠目的原因卻不在於骸骨士兵的樣貌或臂力。

手持生鏽長槍的骸骨士兵動作和雪菜一樣，兩者的架勢就像同一個模子刻出來的，擺好架勢後使出的槍招也一模一樣——白斗篷的使役魔會用劍巫的招式。

「可惡……這樣的距離……」

古城盯緊展開激烈攻防的雪菜和使役魔，嘴裡咬牙作響。只要祭出吸血鬼畜養在本身血

液裡的召喚獸——眷獸之力，要打倒骸骨士兵很容易。

然而，只要雪菜人在附近，古城的眷獸就不能用。因為古城的眷獸攻擊力太過凶猛，雪菜肯定也會遭受波及。

「不好意思，你的對手在這。」

分身後的其中一名白斗篷低頭看著負傷的古城並且冷冷告訴他。意外年輕的女性嗓音，帶有惡作劇味道的灑脫口吻讓古城感到困惑。他在某個地方聽過這個嗓音。

「能請你安分一點嗎，第四真祖？」

白斗篷說完便揮了左手。

釋放出的無數光箭描繪出複雜軌跡，從四面八方朝古城射來，即使靠吸血鬼的反應速度也不可能全部閃過。

「唔——！」

雙手雙腳同時被射穿的古城倒地了。沒有想像中的痛。可是正如白斗篷宣告的，他動不了。因為光箭貫穿了他的四肢，將他釘在地面上。

「學……長……！」

雪菜目睹古城滿身是血，眼裡頓時失去光芒。

骸骨士兵朝著停止移動的她舉槍刺出。生鏽的長槍從槍尖到槍頭都像拉糖一樣被劈開，掉落在地上。

雪菜隨手揮出銀槍，將骸骨士兵的全身劈得粉碎。操縱使役魔的白斗篷首度露出動搖的跡象了。

「啊……啊啊啊……啊啊啊啊啊啊啊啊啊啊啊──！」

雪菜擠出聲音，分不出是哀號或吶喊的悲痛尖叫。「雪霞狼」綻放出令人目眩的強烈閃光。白斗篷釋出的光箭全被閃光吞沒並消失了。

「姬柊……？」

仍被釘在地上的古城愕然嘀咕。

分身成兩人的白斗篷同時朝雪菜發動攻擊，之前用手刀直搗古城胸膛的那一招。然而伴隨無數殘像的攻勢卻被雪菜悉數閃過。

雪菜隨著青白色閃光躍起，以銀槍刺穿兩名白斗篷。

原本罩著來襲者全身的斗篷落在地上，發出乾響。

一具分身消滅，骸骨士兵的殘骸也像煙一般霧散消失。將古城釘在地上的箭也不見了。

雪菜確認完戰果，身體就力竭似的站得搖晃不穩。「雪霞狼」綻放的光芒也跟著消失，彷彿撐不住長槍重量的雪菜則雙膝跪地。

「姬柊！振作一點，姬柊……！」

古城拚命趕到不停急促喘氣的雪菜身邊。

撿起白斗篷的來襲者看著他們倆那副模樣，倦怠地發出嘆息。

來襲者是個在斗篷底下有張美麗臉蛋的女子。

看來雖年輕，實際年齡卻不明；肌膚白皙剔透；淡綠色頭髮，以及相同色澤的眼睛；鼻梁高挺的深邃面孔，還有尖而長的耳朵。她是魔族，長生種。

連身為「魔族特區」居民的古城都是頭一次見到的極稀有魔族。

「受不了。雖然從我聽說妳在對付南宮那月時用上『神靈附體』，就懷疑過事有萬一了。這股力量……果真就是那麼回事對吧，雪菜？」

長生種女子一邊輕撫抱在臂彎裡的貓一邊問道。雪菜搭著古城的肩膀，全身像害怕的孩子一樣僵硬。

古城用憤怒的目光悍然看向長生種問：

「妳為什麼……會認識姬柊……！」

「師尊……大人……」

雪菜聲音顫抖地叫了那名長生種女子，打斷他的疑問。

高挑的長生種則用淡綠色眼睛冷冷地望著雪菜。

表情顯得大為混亂的古城則來回看著她們兩人的臉。雪菜會稱為師尊的人物，古城只認識一位。獅子王機關的緣堂緣，相當於雪菜師父的人物。

「姬柊叫妳師尊大人……咦？難道說，妳就是喵咪老師的幕後真身……？」

古城望向長生種女子抱著的貓，接著就啞口無言了。烏亮的毛色與金色眼睛，細細項圈上掛著金綠石首飾。古城確實見過這隻貓，牠是緣堂緣之前操縱的使役魔。

「妳並非沒有自覺吧？雪菜，妳是從什麼時候發現的？」

緣瞪著發抖的雪菜問。

雪菜什麼也不回答。她只是將目光從緣身上轉開，默默地緊咬嘴唇。

「那麼，接下來該怎麼辦呢？既然都親眼確認過了，以我的立場總不能放任不管。」

緣說完便屈膝蹲下，並且伸手要拿銀色長槍。回神的雪菜將「雪霞狼」抱在胸前抵抗，不讓兵器被緣奪走。

「不可以……師尊大人……我現在還……！」

「雪菜！」

緣厲聲斥責雪菜。雪菜卻不肯放開長槍。

「喂，等一下！為什麼喵咪老師要攻擊姬柊啊！」

仍然無法理解情況的古城闖到了雪菜還有緣之間。要是再默默看下去，他有預感這對師徒又會打起來。

雪菜悄悄地將嘴唇湊到古城耳邊，像是想不出其他方法似的迅速告訴他：

「我們快逃跑，學長！」

「咦！妳說要逃——」

是要怎麼逃？古城還來不及問，雪菜就從制服下襬撒出咒符了。

嘖——聽得見緣咂嘴的聲音。因為就連她也沒料到，個性循規蹈矩的雪菜會在這個節骨眼反抗她。

「撼嗚吧——！」

趁著緣反應慢一瞬所露出的破綻，雪菜搶先動用咒符。金屬製的式神符幻化為大群猛禽並且撲向緣。那並非獅子王機關的劍巫武技，而是舞威媛擅用的遙控攻擊咒術。意外的攻擊導致緣在迎擊時又慢了半拍。

雪菜利用這段空檔又喚出巨大的狼型式神，然後坐到狼背上開始逃亡。古城當然也和她在一起。雪菜身上帶著「雪霞狼」，追蹤魔法對她也發揮不了太多效果。即使憑緣的能耐也難以展開追擊。

雪菜硬是用自己不擅長的遙控攻擊咒術，在身為她師父的緣面前搶得先機了。

換成半年前的她，恐怕想都不會想到這樣的戰法。

雪菜肯定有所成長，速度更勝緣的想像。究竟雪菜本人有沒有察覺到那超乎意料的成長對她來說是種不幸呢——？

「雪菜……妳……」

身為長生種的攻魔師瞇細淡綠色的迷人眼睛，然後嘆息。

被她抱在臂彎的黑貓仰望著黃昏的天空，發出了微微的叫聲。

第二章 到第零層

Into The Stratum Zero

1

深紅色戰車疾馳於傍晚的街道，全長頂多等同小型汽車。那是外型矮胖有如陸龜的超小型有腳戰車。

設計用於在市街對付魔族的有腳戰車機動性出色。有些許的地形高低起伏或障礙物都能輕鬆克服，視情況甚至連垂直的牆壁都能爬上去。瞬間最高速度應可達時速一百二十公里。在建築物密集的都市圈，想來無人能追上這輛機體。

可是，有腳戰車駕駛者卻沒有減速的跡象。強化塑膠材質的深紅色裝甲上被刻了無數傷痕。有人正在追殺持續逃亡的有腳戰車。

『警告——六點鐘方向出現敵影。距離一千八百。總數四。』

在有腳戰車的駕駛艙內，警告聲正不停響起。

用像是騎機車的姿勢聽著系統警訊的是個十二歲左右的嬌小操縱者——有著火紅髮色的外國少女。她身穿服貼的駕駛裝，胸口縫的名條則用平假名寫著「蒂諦葉」。

「追兵嗎？實在迅速是也。」

麗迪安・蒂諦葉看著顯示出的追兵資訊咂嘴。

內藏於戰車腳部的行駛用馬達早已熱得超出極限，功率正開始下滑。雖然麗迪安想加速擺脫追兵，照目前的狀況卻有困難。

『相對速度每秒負七十六・六公尺。推測再十七秒就會接觸。』

戰車的戰鬥輔助人工智慧（AI）又發出警告。麗迪安像小孩鬧脾氣似的鼓起腮幫子，將武器的所有保險裝置都解除了。

「投射發煙彈。散布雷擊地雷（Stun Mine）！」

『——投射發煙彈。電擊地雷，裝填。開始散布。』

輔助人工智慧復誦麗迪安的指示，將裝備的兵器射出。

蒂諦葉重工在絃神島研究室研發的發煙彈是可以妨礙獸人嗅覺及咒術追蹤的特製品，電擊地雷則具備能讓魔族平均昏迷半天左右的威力。無論追兵再厲害，都無法輕易克服這些妨礙才對。可是——

下個瞬間，侵襲有腳戰車的卻是來自意外方向的衝擊。

宛如將巨斧從有腳戰車正上方劈下的一擊。

有腳戰車的球體滾輪承載了超出預計的重量，頓時失去抓地力而打滑。接地的腹部裝甲在柏油路上刮出火花。

「膝丸，方才是何物！」

『反物資步槍進行的狙擊。損傷輕微。解析彈道——判別出射手位置。』

「機槍齊射！」

『了解。自動瞄準，槍擊開始。』

有腳戰車搭載的四門對人機槍開火了。原本麗迪安就不認為戰車可以從地上瞄準到待在高樓屋頂的狙擊手，但是應該能發揮妨礙敵人狙擊的效果。

有腳戰車趁機重新站穩，打算再度逃亡。

然而，有個從煙幕中衝出的追兵早一步跳上有腳戰車的背部。

「肉搏戰？莫非被對方纏住了是也？」

『機槍彈，殘彈數零。無法維持彈幕。』

「迴轉！把敵人甩下去！」

硬是讓有腳戰車迴轉的麗迪安試圖對付追兵。急遽的加速常人應該絕對無法承受。但是，追兵仍平靜地攀附在有腳戰車的背部，還拿起夾在脇下的武器瞄準。

「難道這些傢伙——並非普通人類？對方乃特區警備隊的魔導打擊群（SSG）嗎！」

察覺敵方真面目的麗迪安驚呼。魔導打擊群是傳聞在特區警備隊當中實力最強，且直屬於公社理事會的特殊部隊。不過，人工島管理公社並未承認有這支部隊存在。因為隸屬魔導打擊群的攻魔師，其裝備都是從絃神島研究魔族的成果得到回饋才製造出來的。將魔族的活體研究成果用於軍事方面——那正是「魔族特區」最大的禁忌。

身穿漆黑戰鬥服的追兵將槍口指向有腳戰車的前腳。具備六支槍管的機關槍在極近距離下猛烈發射出子彈。

有腳戰車的裝甲遭槍擊打穿，左前腳被徹底破壞了。

「膝丸！」

麗迪安忍不住放聲尖叫。原本迴轉中的有腳戰車失去平衡，一頭撞在道路的護牆。

『小口徑機關槍從近距離發射的子彈。左前腳嚴重損毀。解除第四關節的連結。』

「發射錨索！利用單軌列車的橋墩逃到海裡是也！」

麗迪安對輔助人工智慧下指示。

她取名為「膝丸」的有腳戰車外裝甲，材質是以特殊咒術強化過的塑膠。抗衝擊性能優秀的這種裝甲，連二十公厘砲彈或反坦克火箭彈的直擊都承受得住，但要是遭到連續攻擊同一點就會意外脆弱。假如下次再受到相同攻擊，「膝丸」大概就會被徹底摧毀。

『無法使用錨索。發射裝置遭到破壞。後腳及主電源組件嚴重損毀。將生命維持裝置切換至預備電源。』

輔助人工智慧接二連三地報告損傷狀況。麗迪安茫然望著駕駛座儀表的光接連消失。

「到此為止乎……？」

紅髮少女自嘲似的微笑，並將手伸向自爆裝置。

麗迪安是歐洲生產兵器的名門企業「蒂諦葉重工」從小培育的菁英，還被派來「魔族特區」擔任試作型有腳戰車的研發者兼測試駕駛員。她對在戰鬥中喪命多少感到惋惜，卻不覺得後悔。她之所以堅持不改掉武士的語氣，正是因為她對他們不怕死的高潔精神懷有憧憬。

麗迪安唯一的遺憾，就是沒能救出朋友。她是因為要救出被軟禁的朋友卻失敗，才會遭到追殺。

魔導打擊群的攻魔師們正提槍接近。麗迪安打算等他們靠得夠近再啟動自爆裝置。

就在下一刻，有腳戰車的主螢幕被閃光染白了。

「……唔！」

攻魔師們的臉色變了。

好似要烤焦皮膚的濃密魔力毫無預警地席捲而來。

那股力量化成巨刃，毫不留情地掃過地表。

原本將麗迪安包圍的攻魔師們受到突如其來的衝擊波及，束手無措地全被震飛了。周圍的建築物倒塌毀壞，道路坍崩下陷，簡直像天災一樣的景象。若是普通人，就算瞬間喪命也不足為奇。

「哦。你們撐過了剛才那招啊？」

從拚命抵抗衝擊波的攻魔師們背後傳來了佩服似的感嘆聲。

聲音之主是個嬌小的少年。烏黑秀髮及褐色肌膚；眼睛呈金黃色。

從少年的外貌可以感受到和留有稚氣的面孔並不相襯的奇妙威嚴。看著他就好比看著一頭性情剛烈的年輕獅子。攻魔師們似乎懾於少年發出的壓迫感，都擺出架勢戒備。

「原來你們穿的強化服植入了獸人的細胞嗎？如果我沒記錯，將魔族的活體組織運用在軍事方面可是聖域條約明文禁止的才對啊？」

隨意邁步前進的少年冷冷開口。

「居然……」

麗迪安躲在受損的有腳戰車中說不出話。

她曉得少年的名字。易卜利斯貝爾．亞吉茲，血承第二真祖「滅絕之瞳（Forgazer）」的第二世代吸血鬼，「滅絕王朝」的王子。

為什麼他會到這種地方？當麗迪安如此納悶時，攻魔師們當著她眼前採取行動了。

「是『舊世代』吸血鬼……提防眷獸。」

疑似小隊長的男性對同夥做出指示。儘管全身受傷，攻魔師們的行動卻沒有失去方寸。

易卜利斯貝爾立刻遭到包圍，槍口全都指向他。

「我和那個戰車手丫頭有緣分。看你們似乎仗著人多勢眾將她折磨了好一陣子，不過現在立刻離去，我倒是可以放過你們這群賤民。」

易卜利斯貝爾對湧來的殺氣不屑一顧，開朗地笑了。

魔導打擊群的小隊長似乎是受到恐懼驅使而大叫。

「第二小隊，我准許你們在各自判斷下狙擊。開火——」

「愚蠢……」

攻魔師們發射的子彈彷彿被透明牆壁堵住一樣失去速度。因為易卜利斯貝爾無意識間散發的魔力變成物理性重壓，將子彈擋回去了。

「什……！」

小隊長的聲音嚇得發抖。他的動搖也逐漸傳染給隊員。正因為他們是小有本領的攻魔師，才會察覺與自己為敵的少年真正有多恐怖。

「剁碎他們，『凱布山納夫(Qebehsenuef)』——」

易卜利斯貝爾放出的魔力之霧幻化成猛禽姿態，並且具現為實體。翼長達十四五公尺的金色獵隼，巨大翅膀捲起無數旋繞的風刃。

「你這傢伙，該不會是『滅絕之瞳』的嫡系……」

小隊長神色驚恐地看向易卜利斯貝爾。他說的話沒有傳進易卜利斯貝爾的耳裡，因為黃

金眷獸掀起的龍捲風已經將魔導打擊群的攻魔師們一個不留地吞沒了。即使為了減輕對周圍的損害而留手，其威力依舊過人。龐大魔力催生出衝擊與風刃將他們的戰鬥服切碎，令武裝逐漸癱瘓。

等到暴風散去，在場毫髮無傷地站著的只剩易卜利斯貝爾。

異國王子身上穿的是以金絲鑲邊的華貴白色裝束，而且他的左右手還分別拿著連鎖超商的購物袋和冒出熱氣的杯麵。

「傷腦筋。麵都泡軟了不是嗎？真是群雜碎。」

易卜利斯貝爾低頭看著泡麵的容器，看似不悅地微微哼了一聲。到超商買了杯麵帶走的他原本正在回自己所居留的飯店路上。

接著，他看向已經半毀的有腳戰車並再度嘆氣表示：傷腦筋。

2

放學後的曉凪沙很忙。班級委員會、社團活動及作業，打掃、洗衣和準備晚餐。每週會隨興返家一兩次的母親總是會帶著大量待洗衣物回來，而且偶爾還得去探望住院中的父親。

要是身為哥哥的古城在，凪沙倒可以毫不客氣地使喚他，不過聽說他今天會晚點回來。

因此等凪沙處理完今天的家事以後，東忙西忙的就過了下午六點。她決定一面偷吃晚餐的配菜，一面悠哉地等古城到家。

沒隔多久，通知有訪客的電鈴聲就響了。

「來了來了，請等一下喔。」

凪沙以短褲配T恤的家居打扮到玄關。

於是，打開門的她大吃一驚。站在外頭的是個穿著陌生學校制服的少女。體態修長苗條，身材好得讓人懷疑會不會是藝人。綁成馬尾的長髮則是淡棕色，是一名令人聯想到盛開櫻花的美麗少女。

「呃，奇怪？咦？啊，妳是雪菜的學姊——」

明顯有戒心的凪沙看向對方。以前她也遇過這個女生幾次，記得名字是叫煌坂紗矢華，好像是姬柊雪菜來絃神島以前在別所學校裡的學姊。

凪沙之所以對紗矢華不太信任，是因為初次見面的印象糟透了。凪沙曾目睹她和古城吵架而連累淺蔥受傷的現場。

當時凪沙對紗矢華的印象就是長得格外漂亮卻情緒不穩，還動不動就拿刀亂揮的瘋婆娘，頂多如此而已。

不過紗矢華今天給人的印象卻相當不同。她露出像是隨時都會哭的無助表情，眼神害怕似的望著凪沙。她應該是苦惱了很久，最後才急不暇擇地上門了吧——凪沙心想。

「妳好。請問……曉古城在嗎？」

紗矢華用客氣的聲音問。

心裡不由自主地感到過意不去的凪沙回答：

「他還沒回來耶。因為他說今天要去探望矢瀨——在醫院的朋友。」

「這樣啊……那雪菜也跟他在一起嘍？」

「對。我想應該沒錯就是了……」

凪沙毫不猶豫地點頭。古城和雪菜兩個人一起行動是司空見慣的畫面。雖然他們並沒有在交往，起初凪沙也覺得挺不可思議，到最近反而變得見怪不怪，連疑問都沒有了。

「請問……妳是雪菜的同班同學，對不對？」

「咦？啊，是的。」

被紗矢華靠過來的氣勢稍微嚇到的凪沙點頭。紗矢華帶著看似想不開的正經眼神凝望凪沙，並且問她：

「最近雪菜看起來怎麼樣？有沒有什麼不一樣的地方？」

「咦？妳說『不一樣的地方』是指？」

「比如說……看起來懶洋洋的或愛睏，或者像發燒一樣眼睛濕濕的……」

「咦？什麼意思？妳是指像感冒那樣嗎？」

凪沙對紗矢華不得要領的問題感到困惑並反問。

雪菜最近感覺和平時並沒有不同，反而是凪沙才因為早上去當義工幫忙賑災煮飯而格外愛睏。不過，假如硬要找出雪菜跟平常的差異——

「對了，雪菜好像沒什麼食慾。昨天晚上她也吃得不多。因為她說她想吐，而且她今天中午也只喝了檸檬蘇打而已。」

明明都那麼瘦了，再節食是想怎樣嘛——凪沙打趣似的說。然而紗矢華聽了她的話卻反應激烈。

「果然沒錯……」

臉色蒼白的紗矢華一個不穩，讓手上拿的東西掉到腳邊了。她用雙手捂著秀麗的雙眼，苦惱地跪在地上。

「曉古城那白痴……對我的雪菜做了什麼好事啊……！」

「咦？古城哥……？」

結果紗矢華若有深意的嘀咕讓凪沙著急了。看來是古城和雪菜做出的某種行為，導致紗矢華動搖成這樣。

「請等一下。我們家的古城哥對雪菜做了什麼嗎？還有，在這裡講話也不方便，請進來屋子裡吧。晚飯也準備好了，我們可以一邊吃一邊等古城哥他們回來——」

凪沙想把恍神地縮成一團的紗矢華拖進家裡。有個像紗矢華這樣醒目的少女坐在玄關前面，本來就是異常狀況。要是被附近鄰居看見這一幕，誰曉得會傳出什麼八卦。

紗矢華卻帶著空洞的眼神抬頭說：

「謝謝。不過，我得快點找到雪菜才可以……畢竟她現在的身體狀況不尋常。」

「什、什麼……？」

搖搖晃晃起身的紗矢華腳步踉蹌地離去了。凪沙則不安地目送她離開。

紗矢華的身影完全消失以後，凪沙才注意到掉在腳邊的盒子。

「這是什麼？檢驗……器材組？呃～所以是用來檢察身體狀況的藥嘍……？」

內心隱約湧上不安的凪沙撿起盒子。

恐怕是紗矢華掉的東西。拇指一般大的塑膠盒裡裝著液體和小紙片。經歷過漫長住院生活的凪沙一看，就想像出大概的用途了。那是只要滴一滴血，盒子裡的檢驗劑就會產生反應，並判別受檢者身體狀況有何變化的道具。

比方用來檢驗病毒的感染情形、過敏或是否懷孕——

「診斷結果是……陽性……咦？」

盯著盒子上說明內容的凪沙這下說不出話了。

3

在運河河畔——高速公路的高架橋下，曉古城正望著滴落的雨珠。

古城和雪菜逃離緣堂緣之後，大粒雨珠隨即飄落。

突然的暴雨或陣雨在浮於太平洋上的紘神島並不稀奇。然而，今天的雨似乎會下得久一些。人工島的街景蒙上晚霧，能見度不佳。對逃亡中的古城他們來說倒也算及時雨，但是令人煩心的成分仍然較高。

「學長，你的傷勢還好嗎？」

雪菜不安地望著癱坐在地上的古城，並且戰戰兢兢地問。

古城的制服沾滿了血，四肢分別有看似被弓箭貫穿的傷口，胸前更遭到左劈右砍，那是緣堂緣讓他受的傷。上次沒能抵抗就瞬間受到這麼嚴重的傷已經是元旦被「寂靜破除者」痛宰時的事了。等同或高出獅子王機關三聖的戰鬥能力，光是如此就能明白緣的能耐深不見底，雪菜會怕她也是難免。不過——

「我想已經痊癒得差不多了。謝謝妳買了衣服讓我換。」

古城試著在雙手使力。他全身被緣重創的傷只剩下些許搔癢感，幾乎都徹底痊癒了。這要拜吸血鬼真祖荒謬的再生能力之賜。

「不會。畢竟追根究柢，原因是出在師尊大人胡亂動武。」

雪菜帶著僵硬的臉色搖頭。她應該是因為古城受波及而感到自責。

也對——古城在後腦杓交握雙手，慵懶地笑著說：

「沒想到喵咪老師的幕後真身會是那樣的美女。而且她居然穿那種看起來很悶熱的斗篷，要是貓藏在裡面中暑了怎麼辦啊？」

「學長擔心的是這個？」

雪菜的表情終於放鬆了一點。古城突然仰望她問：

「話說喵咪老師為什麼要突然攻擊妳？要說是測試徒弟的本領，也未免太火爆了吧？」

「我想師尊大人是想將我逼上絕路，直到瀕臨極限。」

雪菜間隔彷彿有所猶豫的短暫沉默才虛弱地帶著微笑回答。古城對她那張臉感到困惑。

「為了讓妳認真出招？她有什麼理由要做到那種地步嗎？」

「是的。大概有。」

雪菜緊咬嘴唇並垂下目光。講到這裡就保持沉默，大概表示她沒有意思透露更多吧。看來她似乎對古城有什麼難言之隱。

「算了。重要的是，妳不冷嗎？假如雨像這樣一直下，我們也可以到超商去買塑膠傘撐回家——」

古城語氣沒勁地這麼說完以後便意興闌珊地起身。有陣力道輕輕地靠向了他的背，微微的溫暖及柔軟彈性隔著制服傳來。

雪菜用全身貼向毫無戒心的古城背後，摟住了他。她出乎意料的舉動讓古城掩飾不了心中動搖。

「姬、姬柊……？」

「學長……今天晚上，我不想回去。」

「啥？妳說啥……！」

雪菜這句讓人懷疑自己耳朵的話使得古城停止思考了。

「呃，不對。妳這樣說未免太奇怪了吧！話說哪有什麼想不想回家的問題，畢竟妳是一個人住——」

「可是，那間屋子原本就是獅子王機關準備的，現在恐怕已經被獅子王機關的追兵占據了，我看不會錯。」

「咦？啊，原來妳說不想回去是這個意思……」

古城理解雪菜的真正用意以後才勉強從混亂中振作。說起來倒算合情合理，果然雪菜也會感到不安。她被身為師父的緣堂緣襲擊，扶養她長大的獅子王機關也在追查她的下落，內心自然不可能平靜。

「呃，可是為什麼獅子王機關要追查妳？如果是找我麻煩還可以理解，但妳沒有任何錯吧。剛才那一戰也是正當防衛啊。」

「不。我明白獅子王機關將我視為危險的理由。」

雪菜從古城背後放開手，無力地垂下頭。古城轉身重新面對她，並且默默蹙眉。古城隱約也有察覺雪菜這幾天感覺不對勁，即使如此，他仍不覺得雪菜會捅出讓自己被獅子王機關找上的麻煩。

雪菜被找上的理由應該就藏在她和緣堂緣的短短對話當中。可是無論古城再怎麼思考，也想像不出那個理由。

雪菜體貼地微笑著對困惑的古城搖頭。

「對不起，我做了任性的要求。請學長先回去吧。我想凪沙也在擔心你。」

「要我先回去……等等，那妳打算怎麼辦？」

雪菜看似拋開某種眷顧的表情讓古城有了不好的預感而開口追問。

「我不能再回去那間屋子。不過，請學長放心，因為我還是會監視著學長。我會監視到最後一刻的。」

「欸，我不能安心啦。聽妳這樣說，我心裡會發毛。」

古城一邊摩擦起雞皮疙瘩的上臂，一邊冒出深深的嘆息。要是現在就這樣放著眼神似乎想不開的雪菜不管，怎麼想都會有危險。

再說古城也希望能迴避因為他們回家而連累毫無關聯的凪沙也被獅子王機關攻擊的局面。至少在釐清事態以前，他們盡可能待在外面或許會比較好。

「算啦。反正明天學校也放假，我們找地方把衣服換掉。去ＫＴＶ好了。」

「學長是說……ＫＴＶ嗎？」

古城突然的提議讓雪菜愣愣地眨了眨眼。雖然不一定要選ＫＴＶ當去處，然而國高中生在太陽下山後能久待又不令人起疑的場所並不多。其中古城無心間想到的就是ＫＴＶ包廂。

「對喔，我們沒有一起去過ＫＴＶ。說起來，妳曉得ＫＴＶ是什麼嗎？」

雪菜瞪著認真提問的古城並噘嘴。

「請問……學長該不會是看不起我吧？我也是會唱歌的喔。」

「咦？是這樣喔？」

古城感到意外而反問，雪菜的臉色越來越不開心。

話雖如此，古城實在很難想像過去在高神之杜被要求進行嚴格訓練的雪菜等人到ＫＴＶ

開懷唱歌的情景。平時把長槍或劍藏在樂器盒裡帶著到處走的人，到底會唱什麼樣的歌？

「要說的話，我對流行音樂是不熟……啊，不過我學會唱藍羽學姊的歌了。」

原本講得有些得意的雪菜驚覺自己失言，又變得垂頭喪氣。

這陣子街上到處都在播放的淺蔥那首歌是人工島管理公社製作出的假貨。古城他們正是為了證明這一點才打算見淺蔥。

「對不起，學長……我……沒那種意思……」

「不用道歉吧。歌曲本身又沒有罪過。」

古城輕輕用手指彈了替他著想的雪菜額頭。會痛耶——捂著額頭的雪菜看起來似乎放寬心了。

「那麼，既然決定要去ＫＴＶ，在那之前要不要先去吃個拉麵？我肚子實在有點餓啦。畢竟被迫流了許多血。」

「拉麵嗎？麵類的話，也許我就吃得下了。」

「我記得在這附近有家好吃的店，是淺蔥告訴我的。」

那家店叫什麼來著？古城在記憶中追尋。外表看不出是個大饕客的淺蔥平時就會用心調查絃神市內的知名店家，有幾次古城也被拉去她最愛的拉麵店作陪，其中一家就在這附近。

幸好，雨勢碰巧也在這時候減緩了。

古城一邊帶著雪菜往商店街走，一邊想起了那家店。

「對了——叫『紘神麵屋』。」

4

店裡籠罩著異樣的氣氛。

「紘神麵屋」位於人工島西區，在鄰近車站的住商混合大廈一樓。櫃台座位有九個，個別座席有四桌。店面外觀以攤販為設計形象，是間挺普通的拉麵店。店裡幾乎座無虛席，排隊隊伍排到了店的外頭。

而店裡最內側的個別座席上有兩個一塊來的客人正面對面坐著。

他們就是導致店裡瀰漫異樣氣氛的元凶。

兩人都是外國人，皆為看似十五六歲的少年少女。

少年穿著絢麗華貴的白色裝束，從他無意的舉手投足間流露著藏不住的威嚴及高雅。其身上散發出的領袖氣質，讓拉麵店的庶民氣息受到侵蝕，使得店裡變成了莫名讓人感到不舒適的空間。

坐在少年面前的則是個火紅色頭髮的嬌小少女。

她身上穿著和年幼體型服貼，看似競賽泳裝的衣服。那種散發出犯罪氣息的外表，讓店裡客人不得不把目光都集中在她身上。

突然間，這樣的少女興沖沖地起身，還叫了站在餐券販賣機前面的古城。

「男友大人！這位可不是男友大人嗎！你乃女帝大人的男友對吧！」

「咦？怎麼啦？」

取出餐券的古城抬頭發現自己集整間店的注目於一身，內心受了動搖。

店裡的客人們來回看著少女和古城，開始鼓譟起來。

眾人那種不尋常的反應讓古城和旁邊的雪菜面面相覷。他們完全不明白出了什麼狀況。可以的話古城也想立刻閃人，但是既然餐券已經買了，他也捨不得當機立斷就走。

紅髮少女當著杵在原地的古城他們面前撥開排隊的人，並且湊了過來。

接著她一個挺身，在古城眼前將胸前的名條亮出來。

「在下乃麗迪安．蒂諦葉是也！你不記得乎？」

「啊……！妳是淺蔥的朋友……！」

總算想起對方身分的古城驚呼。麗迪安是被淺蔥稱為「戰車手」的深紅色有腳戰車駕駛者。古城之所以花了點時間才想起來，是因為之前他沒看過對方下戰車的模樣。

由於古城等人口中冒出「女帝」和淺蔥這些字眼，店裡更加鼓譟了。如今在紘神島上，「電子女帝」——藍羽淺蔥的名號幾乎無人不曉。假如有人稱呼彼此是她的男友或朋友，當然會受到注目。

古城背後冒出陣陣冷汗，想閃人的衝動再次湧上心頭。

不曉得麗迪安是否明白古城這樣的心情，她掀開駕駛裝腹部的空隙，向上一拉。

「太懊悔了是也，男友大人。都是在下力有未逮，女帝大人才……事已至此，在下只能切腹以示負責——」

「慢著慢著！妳在這種地方把肚子露出來到底想幹什麼！」

想用免洗筷戳自己肚子的麗迪安被古城出手架住阻止。

事情已經不是受人注目這麼簡單的程度了，店裡的顧客都露骨地瞪著古城等人，簡直像看待罪犯的眼神。假如有高中生在拉麵店裡出手架住身穿競賽泳裝的少女，古城自己大概也會露出同樣的眼神。

疑似「紘神麵屋」老闆的人物朝古城他們走來。這下肯定會被趕出店。當古城如此做好心理準備時——

有陣威嚴響亮的說話聲撼動了店內的空氣。

「你們幾個太聒噪了。對這裡的店主不禮貌吧？」

彷彿受到這陣宏亮的嗓音震撼，寂靜降臨於店裡。原本鼓譟的客人們屏息不語，正要開口的老闆也停下動作。嗓音之主是穿白色裝束的少年。他那散發金色光芒的眼睛正直直地望著古城。

「是、是啊。說得對，抱歉。」

明明是和你一起來的人在吵吧？古城硬忍住想吐槽的心情，並且向少年賠不是。短短的互動讓店裡氣氛隨之一變。

如今，白色裝束的少年已經完全掌握現場，有股連老闆和常客都無法違抗他的氣氛。王族與生俱來的威嚴讓人們無意識地對他服從，令人目瞪口呆的領袖風範。

古城和雪菜則落得被麗迪安拉到和少年同一桌就座的下場。

儘管這樣等於無視排隊的隊伍，不過當然沒顧客抱怨。犯不著去捅馬蜂窩給自己惹麻煩——眾人似乎是抱著這種念頭，才會默許古城等人的存在。

隨後，少年點的拉麵端來了。

少年動作熟練地拆開免洗筷，先啜飲一口湯，接著緩緩地將麵送入口中。非常有模有樣的吃相。

「原來如此。用了藉地利之便的新鮮海產，再加上豬骨與蔬菜熬的湯頭嗎？醬料則是醬油與酒……還有雞皮與辣椒啊？麵屬於偏粗的自家製麵條，用料也能感受到堅持。嗯，看來不愧是淺蔥推薦的店。」

「是、是喔……欸，你是什麼人？和淺蔥一起探訪美食的夥伴嗎？」

少年所說的感想頗為詳細，讓古城亂不自在地看著他問。連二流拉麵評論家也相形失色的分析力。古城從口氣可以聽出他似乎和淺蔥認識，不過除了對美食異常執著，古城實在想不到淺蔥和這名異鄉少年還能有什麼交集，說這兩人是探訪美食的夥伴，應該算推理得不錯吧？儘管古城在內心自我讚許……

「學長，請你注意措辭。這一位也許是──」

之前一直保持沉默的雪菜告誡似的朝古城細語。古城納悶地瞇眼問：

「妳認識這傢伙嗎，姬柊？」

「不。」雪菜搖頭回答：「可是，這一位擁有和奧爾迪亞魯公同等……或更強的力量……性質卻異於戰王領域……」

「哦。」

少年停下用筷子的手，然後興味盎然地看向雪菜。在他的金色眼眸裡曾閃過一瞬近似殺意的光芒。於是古城總算也察覺少年的真面目了。

對方是魔族。吸血鬼。而且屬於力量格外強大的「舊世代」──

「雖然我本來以為已經掩飾了氣息，不愧是獅子王機關的劍巫，好眼光。」

「你果然是……」

「退下，劍巫。身為『滅絕王朝』的王子，我正在和第四真祖交談，容不了妳這區區的監視者出頭。」

少年一邊優雅地品嚐拉麵一邊冷冷放話。

他隨口發出的嘀咕讓古城的臉僵住了。即使古城不諳魔族的背景，當然仍聽過「滅絕王朝」這個名字。由第二真祖「滅絕之瞳」統治，地處中東的凶惡夜之帝國。對方自稱王子，就表示他是第二真祖的兒子。

「易卜利斯貝爾……亞吉茲殿下……」

雪菜說出少年的名諱。她的嘀咕中之所以帶著畏懼的味道，應該不是出於古城的心理作用。畢竟第二真祖的嫡系王子和第四真祖正隔著小小的桌子面對面。假如發生兩人以魔力比拚的狀況，整座絃神島就算被消滅也不足為奇。如今這家店成了世界上最危險的地方，或許被火海包圍的火藥庫都還比較安全。

在這種情況下，易卜利斯貝爾卻還是安穩地繼續用餐。

「店主，再來一碗。多加點焦蔥。另外我還要滷蛋。」

異國王子叮叮噹噹地一邊掏出零錢一邊點菜。老闆則動作生硬地立刻開始烹調。

唔——古城望著他們的互動，半瞇起眼睛說：

「這傢伙真的是王子嗎？再怎麼說也太親民了吧？」

「是、是的。不過，我想這股魄力確實是王族等級的人士……」

語氣顯得不太有自信的雪菜回答。

「話說，為什麼第二真祖的兒子會跟淺蔥的朋友一起吃拉麵啊？」

「這我也無可奈何，因為不巧就撞見了這女孩差點被殺的現場。事情發展到最後，我決定保護她。哎，一時興起。」

結果是易卜利斯貝爾一邊將碗公剩下的湯飲盡一邊回答。

「她差點被殺？」

王子聳動的發言讓古城露出險惡目光。

正是——麗迪安聲音發抖，透明淚珠從她的眼中湧出。

「對方乃人工島管理公社是也。由於那些傢伙將女帝軟禁於基石之門，在下想設法和她取得聯繫，才會嘗試入侵其屏障，殊不知……」

麗迪安像是在拚命忍耐內心的不甘，緊緊地握著雙手。

古城用手掌輕輕裹住了她那小小的拳頭。麗迪安訝異地抬頭。古城用認真無比的眼神望著年幼少女，並向她拜託。

「——麻煩妳，請告訴我那件事的詳情。」

5

四十分鐘後——

古城等人正站在接近絃神島中心的地下道入口，走下通道後就有一條漫長的隧道。那是用來將滲入人工島地層的雨水排到大海的溢洪道。

不過那是表面上的名義，設計這條地下隧道別有真正用意。

通往設於基石之門內部的機密區塊——第零層(Zero)的物資運輸道。這就是這條冷清隧道原本的用途。

「基石之門第零層嗎？淺蔥就被關在那裡，對吧？」

古城一面探頭看向沒有燈光的陰森通道，一面向麗迪安確認。

『然也。通往第零層的路線，就由在下來引導是也。』

少女的聲音從古城手機的喇叭傳出。麗迪安本人坐在接近全毀的深紅有腳戰車中。「膝丸」在失去一隻前腳和大多數武裝以後，便喪失了戰鬥能力，不過車上搭載的軍用電腦及網路功能都還健在。而且，麗迪安本身似乎是可以與淺蔥匹敵的天才駭客。她表示要支援古城他們入侵基石之門，聽起來是挺可靠。

「那太好了……不過，對方有能力將妳的戰車破壞得這麼慘啊……」

古城望著麗迪安那輛變得破破爛爛的戰車，臉上露出難以言喻的神情。

就算「膝丸」再怎麼小型，它仍是堂堂一輛用來對付魔族的戰車——而且還是最新的測試機種。

對方能將其摧毀，就表示戰力更勝於戰車。基石之門第零層有這樣一群人在保護。

「妳來幫我們不要緊嗎？萬一又受到特區警備隊襲擊——」

古城不安地看著半毀的有腳戰車。目前的「膝丸」無力戰鬥。而且要是沒有「膝丸」，麗迪安就是個普通小學生。面對特區警備隊，她應該是插翅難飛。

是否該不惜蒙受這樣的風險拜託她幫忙呢——古城內心有所糾結，結果易卜利斯貝爾有些傻眼地望著他，冷冷地放話表示：

「用不著擔心，曉古城。在這場風波平息以前，我會替你照顧這女孩。」

「咦……？」

異國王子的意外宣言讓古城目瞪口呆。因為古城沒想到這個不把他人放在眼裡的吸血鬼竟然會說出關心他的話。

「可以麻煩你嗎？」

「哼。趁這次機會賣你人情也不壞。反正我的臣子過不久就會抵達絃神島。何況我對人工島管理公社圖謀的事情也有些興趣。」

「是嗎——」

「我姑且先謝你一聲，但是別搞出太誇張的花樣喔。」

易卜利斯貝爾我行我素的口吻，反而讓古城感到安心。

「我倒不認為你有資格說這話，不過也罷。我姑且會記在心裡。」

「嗯，拜託你了。」

古城將「戰車手」交給異國王子照顧，自己走向陰暗的地下道。雪菜則是緊緊地跟在他後頭。

雪菜一臉理所當然地隨行，有些嫌煩的古城就仰望她說：

「姬柊，妳也在這裡等啦。再說妳的身體狀況沒完全恢復吧？」

「我的身體狀況並沒有問題。」

雪菜看似生氣地瞪向古城，並且壓低聲音回答。儘管古城一瞬間曾懾於她的魄力——

「呃，可是……」

「我說沒問題就是沒問題！因為我要負責監視學長，一起去不是當然的嗎？難不成你要去見藍羽學姊，有我在一起就會不方便嗎？」

「為什麼會扯到那邊啊！」古城大叫之後又說：「別人明明是在擔心妳——」

「擔心？」雪菜的太陽穴一陣抽搐。「意思是我會礙手礙腳？」

「啊～……沒有啦，我就不是那個意思……」

「我明白了。學長不必再說了。」

雪菜鬧脾氣似的把嘴脣歪一邊，還把目光從古城身上移開。

妳肯理解了嗎——古城捂了捂胸口，又往地下道裡面走。

然而，有陣腳步聲「噠噠噠」地追在古城身後。

「——欸，妳還是跟來了嘛！」

「我又沒有跟在學長後面，只是學長剛好走在我前面罷了。」

「妳是小學生嗎！」

古城望著態度從未如此倔強的雪菜並死心地嘆氣。再爭下去恐怕也沒用。無論古城說什麼，雪菜似乎都不打算放棄監視。

「我知道啦。夠了……麻煩姬柊小姐跟我一起來，拜託妳了。」

「只要學長一開始這樣說不就沒事了？」

雪菜看古城動作硬梆梆地低頭，就滿意地將下巴偏到旁邊。古城則自嘲似的虛弱地笑著搖頭說：

「是是是。那我們走吧。」

「好。」

雪菜腳步輕快地晃著背後的吉他盒跟了上來。

走過一路延伸到地下的樓梯以後，前方是一條漫長寬廣的隧道。隧道直徑約為四五公尺，地上鋪有用於運送物資的軌道，牆壁及頂部則有電線及光纖管路等管線像搏動的血管一樣四處伏行。與其稱為排水設施，那景象更令人聯想到巨大生物的內臟。

「欸，姬柊……剛才麗迪安說的那件事，妳怎麼看？」

如此說完的古城將手伸到雪菜面前。或許是溢洪道的名義所致，隧道內並無照明裝置。具備靈視能力的雪菜以人類來說算是夜視力良好，但應該還是不敵身為吸血鬼的古城。雪菜對此似乎姑且有自覺，沒抱怨什麼就回握古城的手。雖然她的臉頰似乎有一絲紅潤，不過在這樣的漆黑當中，縱使憑吸血鬼的視力也無法看清。

「紘神島是用來讓咎神該隱降臨的祭壇這件事嗎？」

雪菜語氣認真地答話。

關於淺蔥被軟禁在第零層的理由，麗迪安談到了咎神該隱的存在。據她所說，紘神島是設計用來執行該隱復活儀式的巨大魔法裝置，淺蔥則是儀式中不可或缺的「寄體」——

「雖然有點難以置信，不過，我有想到一些疑點……」

「嗯……我記得之前有個傢伙就是把淺蔥叫成『該隱巫女』。」

「學長是指紘神冥駕，對不對？從監獄結界逃脫的……」

握著古城手的雪菜無意識地在指頭上用力。

過去曾藉由南宮那月的能力軟禁在異世界監獄，有著知性面孔的魔導罪犯。當古城和第三真祖嘉妲·庫寇坎交戰時，雪菜好像遇過那名男子。儘管雪菜當時勉強將對方擊退，聽說仍被迫經歷了一番惡戰。

「我不太清楚那傢伙的事情就是了。他是什麼人？」

古城詢問臉色似乎帶了些猶豫的雪菜。

雪菜微微搖頭說：

「我不曉得。不過，他帶著和『雪霞狼』非常類似的黑色長槍。那把槍能讓魔力和靈力消滅，據說是獅子王機關的廢棄兵器。」

「讓魔力和靈力消滅的黑色長槍？等一下，那把武器該不會——」

古城驚訝得停下腳步。能抵銷所有異能之力的武器。有群人用的就是和那類似的魔具，古城對他們很熟。自稱「聖殲派」的那些人求的不也是讓咎神該隱復活嗎——

『男友大人！』

心生動搖的古城胸口傳出了麗迪安的聲音。手機螢幕上顯示著地下隧道的地圖，地圖上

到處冒出紅色光點。

「麗迪安，怎麼了嗎？這些閃爍的光點是什麼？」

『對方有所警戒了。在下確認防衛設施已經啟動是也。』

「防衛設施……？現在情況怎麼樣了？妳那邊不是可以幫忙處理監視攝影機和警報裝置嗎？」

「地下隧道內恐怕有獨立的自律控制系統（Stand Alone）是也。很遺憾，在下無法對其出手——」

「原來如此……！」

古城無意識地將牙關咬得發響。既然不能期待麗迪安用駭客技術支援，古城他們剩下的選項只有硬闖。

有東西正利用鋪設在地下隧道的軌道一路滑行並朝古城他們靠近。

形狀像將垃圾桶倒扣的金屬製圓筒。

尺寸比想像中小，直徑頂多八十公分，高度應為一百二十公分左右。眼球型鏡頭轉來轉去的模樣有種詼諧俏皮感。

然而，那種垃圾桶的身體卻配有一點都不可愛的裝備——用於對付人類的機關槍。

而且一認出古城他們的身影以後，大群垃圾桶不經警告就發射機關槍。

「學長！」

雪菜從古城背後伸手將他拉開。唔哇——驚呼的古城仰身，槍彈陸續掠過他的鼻尖。古城和雪菜躲到樑柱後頭的死角擠成了一團。發射的子彈接二連三在水泥樑柱表面擦出火花。

「它們忽然就開火了耶！與其叫防衛設施，根本是殺人陷阱嘛！」

古城朝著手裡握緊的手機大呼小叫。雖然他知道麗迪安沒有責任，但是不這樣做就無法保持情緒穩定。

『來者乃ＭＡＲ製的警備器是也。武器有對付魔族的小口徑機關砲及催淚瓦斯彈。原本乃軍用品是也。男友大人，祝武運昌隆。』

「昌隆個頭啦！」

古城忍不住對麗迪安不負責任的說詞大聲吼回去。

當然，只要他召喚第四真祖的眷獸，要對付警備器根本算不了什麼。那種程度的兵器就算一次湧上幾百台，應該也可以瞬間將它們趕跑。

不過要是在這麼窄的地方召喚眷獸，肯定會將這條地下隧道摧毀。搞不好連古城他們都會受到波及而活埋——何止如此，最糟的情況下，甚至整座基石之門都會被消滅。第四真祖的眷獸強大過頭，其實有很多場面都派不上用場。

「喂……我姑且先確認一下，這玩意裡面沒有坐人吧？」

『在下有把握是也……男友大人？』

麗迪安似乎本能性地察覺了什麼，便發出聽似不安的疑問聲。有所警覺的雪菜則在黑暗中瞪著古城說：

「學長，請等一下。你到底想做什麼——」

「不好意思，姬柊。幫我拿這個。」

古城把通話中的手機甩到雪菜面前。接著，他從樑柱空隙瞪向不停開槍射擊的警備器。密度異常的魔力從他全身散發而出。

那股魔力像霧一樣包裹住古城全身，不久便轉變成青白色雷光。

「學長……？」

雪菜驚愕地睜大眼睛。

古城沒有召喚眷獸，只取用了眷獸的魔力。他靠本身意志在駕馭第四真祖之力。這是古城對眷獸的支配權經過強化才能辦到的技倆。

不過，這也證明了古城身為吸血鬼的肉體正逐漸接近完全成熟。

「喝啊啊啊啊——！」

古城隨咆哮釋放出魔力。純白閃光將地下隧道照得像白天一樣眩目明亮。隨機撒出的電光化為衝擊波，橫掃大群警備器。

一切只發生在瞬間。

十幾台軍用警備器被轟得不留痕跡，只剩再次降臨的黑暗與寂靜。

雪菜望著那景象，連話都說不出。

「雖然是臨陣試招，不過勉強成功了……」

古城跪在被衝擊震碎的水泥地上喘氣。大概是胡亂動用魔力的關係，他全身的骨頭和肌肉都在叫苦。光是輕輕一咳，全身上下就會閃過電流般的疼痛，難受到連聲音都吭不出。

雪菜低頭看著動彈不得的古城，肩膀顫抖。

她眼中浮現的是不折不扣的怒色。

「為什麼你每次每次……都要這樣胡來……」

「慢、慢著，姬柊……冷靜點！我現在被揍會哭喔！真的會哭！」

「……唉。」

雪菜看了淚汪汪的古城，便洩氣似的發出嘆息。她默默地蹲下，像在安撫虛弱小狗一樣溫柔地幫古城摸背。

然而安心不到片刻，垂著頭的古城耳邊就傳來了麗迪安落井下石的說話聲。

『男友大人……此事相當難以啟齒是也，不過你付得起修理費嗎？即使算得便宜點，在下估計那種警備器一台仍不下兩千萬圓。』

「等一下，把它們摧毀是我的錯嗎！剛才那算正當防衛吧！」

古城不自覺地忘掉全身的疼痛大叫。他們差點被不分青紅皂白地射殺，結果還得負擔修理費的話，要他情何以堪。

『然而，那是由於我們擅自入侵是也。』

麗迪安意外冷靜的糾正讓古城「唔」地語塞。

「可惡……要是不用盡手段找出淺蔥遭到軟禁的證據，我們就會變成罪犯嗎！」

『趕緊行動比較好是也。在下認為剛才那樣可能已經被敵方發現有人入侵了。』

「我知道啦！」

古城搭著雪菜的肩膀搖搖晃晃地起身。雪菜的頭髮聞起來莫名地香，挑逗了古城的鼻腔，但狀況不容許他因此分神。按照手機的地圖所示，他們的目的地第零層就在附近。即使憑古城目前的體力，要走完那段距離仍沒有問題。

幸好，警備器以外的入侵者防範對策似乎全被麗迪安解除了。古城他們不到五分鐘就抵達地下隧道的終點。

「這就是……第零層嗎？」

古城環顧出現於眼前的景象，困惑地停下腳步。

在那裡的只是一塊寬闊的空間。

地下隧道的終點什麼也沒有。精確而言，應該說只有空洞在那裡。

直徑大約十公尺，深十五公尺左右的圓筒形空間——

那就是被稱為第零層之處的真正面貌。

聳立在眼前的垂直牆壁是以堅固金屬打造，外牆並沒有門口或接縫，連用來攀爬的立足點都沒有。半點灰塵都沒有的空蕩空間。

頂多當蓄水槽，除此之外似乎派不上任何用場的地方。

古城他們來到了這塊巨大窟窿的底部。

不過，這就是他們的目的地。這項事實無庸置疑。

因為這裡已經有人先到了。身穿黑色道士服的青年正在巨大空洞的中央等古城他們來。

青年手裡握著漆黑長槍——兩端都具備槍尖，奇形怪狀的長槍。

「你果然來啦，第四真祖。」

青年緩緩地將目光轉向古城，並且和緩地開口。

古城知道那個青年的名字。在監獄結界被破的波朧院節慶當天，古城看過對方的身影，僅止那一次。逃離監獄結界的七個魔導罪犯中最後一人。

同時還帶著獅子王機關的「廢棄兵器」的男子——

「紘神……冥駕！」

古城呼喚青年姓名的聲音在巨大空洞中數度迴響。

紘神冥駕則看似不悅地板著臉聆聽那陣回聲。

6

「能再次碰面是我的榮幸，第四真祖。其實我本來還期待更早見到你……不過無妨。多虧如此，我的傷勢也痊癒了。」

冥駕一邊拉近和古城之間的距離，一邊殷勤有禮地講話。

嘖——古城則一邊咂嘴一邊和雪菜分開並放低重心。雖然身上還留有燒灼般的疼痛感，但現在不是介意那些的時候。

「有你看守，表示淺蔥果然在這裡吧？」

古城刺探似的問。冥駕卻露出一抹微笑回答：

「假如我說『該隱巫女』不在這裡，你肯相信嗎？」

「怎麼可能！我哪會一五一十地信任逃犯講的話！」

古城立刻吼了回去。在魔導罪犯冥駕出現的時間點，等於證明了這裡並不是正當場所。他沒道理不確認淺蔥的下落就離開。

嗯——冥駕無辜似的嘀咕：

「我確實是罪犯，不過要說的話，你也和我站在相近的立場不是嗎？」

「囉嗦！」

古城想起自己剛剛破壞的警備器，忍不住齜牙咧嘴。

「淺蔥人在哪裡，絃神冥駕？就算來硬的，我也會逼你說！」

古城用蘊含殺氣的眼神瞪向冥駕。冥駕看似忍俊不禁地呵呵發笑。

「第四真祖，你有一些誤解。」

「誤解……？」

古城的眉心出現皺紋。冥駕親切地微笑著看向他。

「我對你沒有任何興趣。意思就是我不覺得你有威脅性。假如你現在立刻離去，我可以破例放你走。」

「真感謝你這麼親切啊。」

古城語帶諷刺地發出嘆息。雖然他不想理會廉價的挑釁，但既然對方隸屬利用淺蔥的陣營，就是不管怎樣都必須一戰的對手。

「我把那句話原封不動地還你。只要你現在立刻釋放淺蔥，我可以對那月美眉隱瞞你在這裡的事。」

冥駕一聽見南宮那月的名字，嘴邊瞬間失去笑容。他手上的漆黑長槍冒出了近似瘴氣的異樣氣息。

「真遺憾。原本我對你曾懷有一絲親近感……我同情你，和過去的我一樣，受到獅子王機關蒙騙的可悲少年——」

「學長，這裡交給我——！」

雪菜抽出銀槍高喊。

但是，古城搶先縱身一躍。將吸血鬼力量發揮至極限的強橫跳躍。明白古城有多疲勞的雪菜自然不用說，連有所防備的冥駕都無法對那種速度做出反應。

「我要上了，你這逃犯！」

古城揮出拳頭，一直線地貼近對手開扁。想像所及最單純的攻擊。古城並非天生的吸血鬼，他對吸血鬼的能力並不自豪。既然冥駕的長槍能讓魔力失效，那就別用魔力，直接開扁就行了。古城是這麼想的。

結果，古城的判斷出奇地將了冥駕一軍。冥駕下巴挨中古城傾渾身之力的一拳，整個人連翻帶滾地飛了出去。

「咦！」

雪菜呆愣地站著看冥駕被揍飛到牆際並且倒地。

古城則維持揮拳後的姿勢，當場單膝跪地，而且全身痛得表情緊繃。

冥駕趴倒在地上不動。假如是具備頑強肉體的魔族也就罷了，剛才那並非常人所能承受的衝擊。至少，冥駕的下巴應該已經完全粉碎了。

「痛痛痛……糟糕，我是不是……下手太重了？」

總不會死了吧？古城表情不安地看向冥駕。

就在隨後，倒在地上的冥駕從喉嚨發出「咯咯」的笑聲。他將漆黑長槍的尖端插入金屬材質的地板，然後幽幽起身。

「原來如此。你明白這把零式突擊降魔雙槍（Fangzahn）能讓魔力失效，就衝上來揍我……實在讓人有些吃驚。之前我似乎有些低估你了，曉古城。」

冥駕動著應該已經碎了的下巴說話，還若無其事地對古城笑。照理說他並不是沒有受傷，可是他沒露出痛的模樣。

「但是呢，非常可惜。不死之身並非你們吸血鬼的特權。」

從冥駕裂開的嘴唇流下了宛如腐敗血液的漆黑液體。他擦都不擦就朝古城走去。

那可怕的景象令古城不禁震懾。

「這傢伙是怎麼搞的……！」

「行屍（Living Dead）嗎！不對，難道是……殭屍鬼！」

雪菜聲音沙啞地嘀咕。聽來莫名凶惡的字音讓古城不明就裡地產生厭惡感。

「殭屍鬼？」

「就是用人類屍體創造的魔族……人工的吸血鬼。」

「正確來講是沒當成吸血鬼的餘孽才對喔。」

咯咯——冥駕自嘲似的笑著修正雪菜的說明。

「既不能生也不能死，不完全的旁觀者。但是正因為如此，我才能讓這把遭到廢棄的兵器聽命於我——！」

冥駕朝自己腳邊揮下漆黑長槍。

下個瞬間，毫無防備地呆站著的古城就被無數利刃貫穿了肉體。

從古城本身的影子裡冒出了不具厚度的黑色利刃。侵蝕世界的黑暗薄膜(Aurora)。

「可惡……這種感覺！異境侵蝕(Nod)嗎！」

令魔力失效的黑色利刃正逐漸奪走古城的吸血鬼之力，其效果和「聖殲派」那些騎士使用的「聖殲」遺產相同。冥駕的零式突擊降魔雙槍是可以操控異境侵蝕的武器。

「『雪霞狼』——！」

雪菜舞出銀色槍花朝冥駕猛攻。能斬除萬般結界的七式突擊降魔機槍(Schneewalzer)是唯一能對抗異境侵蝕的武器。實際上在神繩湖畔的戰役中，雪菜就靠這種力量救了古城好幾次。然而——

「沒用喔。我的零式突擊降魔雙槍能讓魔力和靈力一律失效。妳忘了嗎？」

冥駕悠然地笑著揮動長槍。兩名使槍者正面衝突，被震開的是雪菜。冥駕用常人不可能達到的驚人速度接連使出斬擊，漆黑閃光朝著陣腳大亂的雪菜灑落。

「而且靈力一旦遭到封鎖就只是個普通人的妳沒道理敵得過不知死亡為何物的我！」

「唔……唔……！」

雪菜每次接下冥駕的斬擊，架勢就會大幅搖晃。那是零式突擊降魔雙槍使靈力失效的影響。現在的雪菜既不能用靈視預測未來，也無法靠咒術增強力量。她就是個嬌弱如外表的少女。

即使如此，雪菜的反擊仍確實命中冥駕了。冥駕的手腳出現裂傷，左胸肋骨斷了數根。換成常人早就無法繼續戰鬥才對。

但是，身為殭屍鬼的冥駕身手依舊不變，而且雪菜的體力已經完全瀕臨極限。

接不住冥駕斬擊的雪菜仰身倒在地上。她喘不過氣且停下了動作，冥駕則用毫無感情的眼睛低頭看她。

「以往被冬佳救過的妳會死在我手下——這也是與我本身命運相符的諷刺吧。」

冥駕靜靜地發出並未針對任何人的嘀咕。雪菜則因為他那句話而屏息。

「冬佳……大人？為什麼，你會曉得那一位的名字……！」

「再見了，神狼巫女——」

冥駕隨手舉起漆黑長槍，槍尖被吸往雪菜的胸口——瞬時間……

「姬柊，妳快逃！」

「——學長！」

古城從冥駕背後衝來，將瘦弱的他撞開。殺招被打斷，使得冥駕一臉生厭地瞪向受創的古城。

古城應該是從貫穿全身的黑色利刃強行抽身的。他遍體鱗傷，剛買來換上的連帽衣被染成深紅，左臂無力地垂下。

即使如此，古城仍擋到冥駕面前保護雪菜。

冥駕冷眼望著他，幽幽地舉起長槍。只有獅子王機關的攻魔師才曉得的起手架勢——

「不可以，學長！快點逃——」

雪菜還來不及擠出聲音，冥駕便無聲無息地揮下長槍。缺乏現實感的緩慢動作。連古城，甚至雪菜都無法做出反應。

「『冥惡狼』——」

冥駕的聲音晚了一拍傳來。漆黑長槍貫穿古城的心臟，深達背脊。古城的鮮血猛烈飛濺，染紅了雪菜的臉頰。

雪菜的喉嚨抽筋似的發抖。

「學……長……」

古城的身軀滾在金屬地板上。雪菜口中發出尖叫。

打算起身的雪菜摸到了掉在地板的銀色長槍。

原本為黑暗所籠罩的空間被眩目的純白閃光染白。

「唔……啊……啊啊啊啊啊啊啊啊啊啊啊啊啊──！」

光芒從雪菜背後湧現，並在半空中描繪出巨大的圖樣。

目睹那圖樣的冥駕第一次表情緊繃。

黑槍灑落的異境侵蝕之力像薄薄的玻璃板，逐漸粉碎消滅。因為雪菜的壓倒性靈力連零式突擊降魔雙槍都無法徹底令其失效。

「怎麼可能……這股力量，該不會……」

冥駕的嘴唇隨著驚愕而歪曲。理應是不死之身的他，肉體正冒出白煙並逐漸燒焦。占滿視野的閃光逼得他瞇起眼將長槍指向雪菜。

「真有一手，獅子王機關！原來這才是你們的真正目的嗎……！」

黑衣青年拖著受傷的身體朝雪菜靠近。

雪菜已經失去意識了。釋出的靈力超出臨界點，導致她的肉體承受不住。儘管靈力的光

芒仍籠罩著她，但現在冥駕也有能力殺她——不。

他非殺了她不可。

然而，理應已經絕命的少年吼聲傳進了舉起黑槍的冥駕耳裡。

「繼承『焰光夜伯』血脈之人，曉古城，在此解放汝的枷鎖……」

「什麼！」

冥駕的眼神因憎恨而動搖。

被貫穿心臟後理應喪命的古城舉起右手，凶猛地笑了。

原因在於雪菜發出的純白閃光。那陣光輝打破異境侵蝕，讓古城喪失的不死特性以及力量復活了。世界最強吸血鬼之力——亦即第四真祖的能力復活了。

「迅即到來，第五眷獸『獅子之黃金（Regulus Aurum）』！」

古城召喚的雷光巨獅帶著驚人的閃光與衝擊波，從人稱第零層的空間橫掃而過。連人工島大地也為之撼動的壓倒性魔力。那陣黃金色的光芒逐漸將古城的視野及第零層的空洞全部吞沒——

第三章 天使與長槍

Spear And The Angel

1

魔族是黑暗的居民。他們大多喜好夜晚，而他們生活的這座人工都市也同樣被五光十色的喧囂所籠罩，直到深夜。絃神島——人工島西區的路上，即使過了凌晨十二點，仍有眾多人們來來往往的身影。

在這當中，有個女子停下腳步。是個酒醉臉紅的有翼種女性。她所仰望的大樓牆面上正映著相貌端正的少女身影。

「啊，是淺蔥。」

周圍的其他行人也一起將目光轉到了大樓牆面的螢幕上。彷彿對影像中的少女看得入迷，有人發出「噢噢」的感嘆聲。

「誰啊?女演員嗎？」

「不對不對。她是在地偶像啦，住在絃神島的一般人。」

「我有看過這個女生喔。她在泰迪絲商場買過鬆餅。」

「長得可愛嗎？」

「超～可～愛～」

他們一邊繼續閒聊一邊望著少女的影像。在街上的各個角落都可以看到同樣望著螢幕的人們。

突然間，眾人的表情同時困惑地蒙上陰影。因為螢幕中少女的影像忽然嚴重扭曲了。不知不覺間，她的歌聲也停了。少女在籠罩雜訊的黑白畫面中用顫抖的脣編織出話語。

『……救……』

從喇叭播出了聽似用機械合成的單調語音。藉由島上眾多電子器材，那陣聲音靜靜地逐漸散播至整座絃神島。

即使當成宣傳影片的演出效果也十分不自然的影像。

人們露出疑惑表情，只是呆愣地聽著少女所說的話。

『古城……救……』

接著螢幕忽然轉暗。因為通訊被心慌的某人切斷了。

隨後只剩下夜晚的暗淡，還有眾人鼓譟的聲音。

2

朦朧視野裡，最先映入古城眼簾的是擔心地俯望著他的眼睛。令人聯想到澄淨的冰河，深邃空靈的藍眼睛。

白色空蕩的房間酷似病房。在人工白色燈光下，銀色秀髮搖曳生姿。

「大哥，你醒了嗎？」

橫躺的古城耳邊傳來溫柔的嗓音。古城認出眼熟的少女身影，頓時回神撐起上半身。

「……叶瀨？」

「你還好吧？有沒有哪裡會痛？」

不知為何穿了一身白衣的叶瀨夏音望著古城問，簡直讓他錯認自己還在作夢。

古城躺的床是放在醫院診療室的小型病床，總覺得會令人聯想到解剖台。房間裡的牆上沒有窗戶，周圍擺著好幾樣陌生的醫療器具。

古城察覺自己全身捆著繃帶。

「嗯，還過得去。叶瀨，替我療傷的難道也是妳？」

「沒、沒關係的。」

臉紅的夏音難得快言快語地回答。古城無意識地順著她不自然地轉開的視線看去。

「咦？妳說什麼沒關係？」

「因為我照顧貓已經習慣了。我也有帶牠們去做過結紮手術。」

「是、是喔……」

此時古城才發現自己沒穿衣服。他目前只有綑在全身上下的繃帶和薄毛毯能蔽體，其他部分全裸。光溜溜的。

古城身上原本的衣服因為冥駕造成的傷勢而滿是血跡，治療時會被脫掉也是難免的事。就算擁有吸血鬼真祖的肉體，要是心臟被徹底捅爛，仍需要相當時間才能恢復。雖然被拿來和貓比較挺讓人懊惱，不過被夏音看見這副慘狀，古城心裡反而覺得過意不去。

「這裡是？有妳在表示是那月美眉家嗎？是她把我們帶出第零層的嗎？」

為了改變話題，古城問了問題。夏音靜靜地搖頭說：

「不，大哥，你和雪菜兩個人似乎是倒在海邊。在人工島北區的聯絡橋橋畔那一帶。」

「那不是正好跟我們進的隧道反方向嗎……？」

古城表情納悶地嘀咕。

他們在人工島北區被發現，表示至少和基石之門第零層離了兩公里遠。當然，受傷的古城和雪菜並沒有餘力移動。以方位來說，感覺也不是麗迪安等人救了他們。有人把失去意識的他們倆帶出第零層。而且，這代表那個不知名人士沒有讓古城他們被抓，還直接把人留在那裡就走了——情況就是如此。

「是大姊找到你們兩位的。」

「大姊？」古城抬頭看著夏音繼續說明，眉心的皺紋隨之變深。「那是誰？」

「是我不認識的人。不過，對方要我這樣稱呼她。那是位漂亮的人。」

「……哪來的怪傢伙啊？」

真是個怪人——傻眼的古城心想。而且對方還非常厚臉皮，居然敢要求初次見面的國中女生叫自己「大姊」，這種厚顏之輩在古城認識的人當中也不多。

對方到底是誰？在古城如此陷入沉思的下一刻——

夏音背後的門毫無預警地被人粗魯踹開了。

「曉古城～～～……！」

有個身材苗條的少女一邊鬼叫一邊揮舞銀色長劍衝了進來。淡栗色馬尾呈現出怒髮衝天般的樣貌。

「怎、怎樣啦……？煌坂？」

紗矢華氣瘋的模樣讓古城心驚膽跳地轉頭看向她。大受驚嚇的夏音僵在原地，連聲音都發不出。

紗矢華對身穿白衣的夏音看都不看一眼，只顧瞪著病床上的古城。

「原來你在這裡，曉古城！看你對我寶貝的雪菜做了什麼好事——！」

「咦……？」

妳在說什麼？古城還來不及反問，銀色閃光已經先劈開大氣。紗矢華用長劍刺向躺在床上的古城。

「我宰了你！」

「唔哇！」

驚險閃過攻擊的古城貼在牆邊發出慘叫。紗矢華手握的長劍利刃已經深深地捅入古城前一刻所躺的地方。

將床劈成兩半的紗矢華又重新舉起長劍。

「不要逃，你這白痴！爛男生！」

「慢著，冷靜點！我到底做了什麼——啊！」

「啊唔……！」

毛毯從飛身後退的古城身上掉下來。他的裸體在紗矢華等人面前展露無遺，近距離目睹那畫面的夏音像結凍一樣定住了。

舉劍的紗矢華也睜大眼睛停頓動作，但是——

「你……！你、你讓我看了什麼東西嘛，變態真祖！」

「還不是妳突然揮劍砍過來才會這樣！」

「吵死了，閉嘴！給我化成灰啦！」

紗矢華漲紅著臉亂揮劍。她已經連架勢或招式都沒有了。古城一邊後退一邊保護夏音不被胡亂揮舞的長劍砍中。

不久，氣喘吁吁的紗矢華當場東倒西歪地坐在地上。

「就、就是因為你這種臭男生，雪菜她……雪菜的人生才會被搞砸……！」

依舊緊握劍柄的她像小孩一樣放聲哭了出來。

淚珠撲簌簌地從紗矢華的臉頰流落，古城則茫然地看著她哭。對於她那種只能當成失心瘋的奇怪舉動，古城簡直不敢領教。

「煌、煌坂……？」

古城戰戰兢兢地叫了整張臉皺成一團還哭個不停的紗矢華。

「姬柊出了什麼事嗎？她目前人在哪裡？」

「雪菜在隔壁房間。不過大哥，你先穿衣服——」

總算從動搖中振作起來的夏音代替哭個不停的紗矢華回答。她這句話讓古城想起自己到現在仍是光溜溜的。

「是、是啊。說得也對。抱歉。」

古城一邊抓起毛毯遮住身體，一邊收下夏音遞來的衣服。

她準備的內褲是超商賣的四角內褲，長褲和襯衫也是用塑膠套包裝的新品。

「我們學校的制服？叶瀨，這是妳幫我準備的嗎？」

「對不起。因為大哥的衣服已經破破爛爛了。」

擅自替你準備新衣服，不好意思——夏音明明沒有過錯，卻對古城賠不是。哪的話——古城連忙搖頭。

「不會，妳幫了大忙。因為我被絃神冥駕那傢伙狠狠地擺了一道……」

「絃神冥駕……是監獄結界的逃犯對吧……？」

眼角還積著淚水的紗矢華用低得像從地底傳出來的聲音問了。她目光失焦，恨恨地瞪著古城。

「這樣啊……是他傷害雪菜的嘍……那麼，你有拿下那傢伙的首級吧，曉古城？」

「我才不會拿首級啦。妳以為是戰國時代啊……」

古城板起臉說。

是的。儘管在基石之門第零層付出了那麼多犧牲，古城還是沒能打倒冥駕。古城於意識朦朧間放出的眷獸，在即將把冥駕燒個精光的前一刻就被某人攔阻了。

當時出現的巨大魔力聚合體足以與古城的眷獸匹敵。對方封鎖了雷光巨獅的行動，冥駕就趁著那一瞬間的空檔消失蹤影。能操控與第四真祖眷獸同等魔力的人物——就是那樣的人物阻擾古城出手攻擊並救了冥駕一命。帶古城和雪菜離開第零層，然後將他們擱置在海邊，恐怕也是那傢伙做的好事。

「先不講這些了，姬柊平安嗎？」

古城一邊大大地搖頭一邊換好衣服並轉向夏音。雖然他也對阻擾者的真面目感到好奇，但現在該思考的不是那件事。

「雪菜她沒事。只不過——」

夏音望著古城，把即將說出口的話吞了回去。

隨後，有人滿不在乎地跨過被踹破的門板殘骸走進房間。

淡綠色頭髮的美麗長命種。她在白斗篷底下穿著類似將巫女裝束改成無袖款式的白色服裝，有隻金色眼睛的美麗黑貓坐在她肩上。

女子看向訝異的古城，然後使壞似的將眼睛瞇細。

「哼哼。看來你似乎醒了，曉古城。身體的狀況如何？」

「妳是……喵咪老師！我懂了，是妳發現我們的嗎……！」

古城察覺從夏音那裡聽來的「大姊」身分，微微發出嘆息。

獅子王機關的緣堂緣——在追查雪菜下落的她會頭一個發現昏倒的古城等人，仔細一想其實是合情合理的事，自稱「大姊」的厚臉皮程度也能讓人理解。

「大略的情況，我聽雪菜解釋過了。我這些不肖的弟子給你添了困擾。」

緣一臉傻眼地看了被破壞的病床還有哭倒在地的紗矢華，然後向古城低頭賠罪。

她那意外客氣的舉動讓古城像鬆了口氣似的撇嘴回答：

「啊，不會……沒到困擾的地步啦……話說，現在是什麼狀況？這裡到底是哪裡？」

「這裡是我的研究室，第四真祖。」

有個相貌陰沉的中年男子如此回答以後，就從緣的背後現身了。對方姑且算熟面孔，卻比緣還要讓古城感到意外。

「你是……叶瀨的老爸？」

古城一臉糊塗地問了。猛一看，臉紅的夏音有些困窘地垂下目光。這個陰沉的男子——叶瀨賢生是阿爾迪基亞王國的前宮廷魔導技師，同時也是夏音的養父。

「我用了一點人脈，委託這個男的替雪菜檢查。多虧如此，在阿爾迪基亞的公主大人那邊就欠了不想欠的人情。」

緣似乎對古城混亂的德性看不過去，隨口做了說明。

「替姬柊檢查？」

古城眼神嚴肅地回望緣。緣要欠誰人情都與他無關，但是他好奇對方不惜如此也堅持要請動叶瀨賢生的理由。

沒錯——緣若有深意地點頭。

「畢竟，這個男的是目前世界上對模造天使(Faux-Angel)最熟悉的人。」

「妳說……模造天使？」

緣提到的意外單字讓古城越發疑惑。

所謂模造天使，是魔導先進國阿爾迪基亞相傳的儀式魔法。讓人類得到靈格上的進化，藉此創造人工天使的禁忌密咒。叶瀨賢生過去就對女兒夏音施行過這項儀式，並讓她變成人工天使。

「等等……妳剛才提到檢查……模造天使跟姬柊有什麼關係……？」

「看來你似乎心裡有數呢，第四真祖。」

緣看著嘴唇顫抖的古城，並且冷冷地點破他的心思。

古城默不吭聲地轉開視線，然後握緊汗濕的手掌。他想起和絃神冥駕交手途中，雪菜放出的純白閃光。刻劃在半空的奇特圖樣，還有超越人類極限的龐大靈力——和夏音以往化為模造天使所操控的力量十分相近，酷似名為「神氣」的破魔光芒。

「難道……姬柊那時能打破紘神冥駕使出的異境侵蝕……就是靠模造天使的力量？」

「異境侵蝕是嗎……那個男的已經將零式突擊降魔雙槍用得那麼熟練啦？」

哼——緣看似欽佩地吐氣。古城則怪罪般瞪著她說：

「那傢伙說過，他用的長槍是獅子王機關的廢棄兵器耶。」

「沒有錯。零式突擊降魔雙槍是獅子王機關研發的武神具，和七式突擊降魔機槍就像兄弟一樣。只不過黑色那把是失敗作。」

「為什麼紘神冥駕會有那種玩意？」

古城明顯有所不滿地質疑說得好似無關己事的緣。他親身見識了零式突擊降魔雙槍的威力，即使聽說那是失敗作也無法認同。

緣卻露出了像在測試古城的自信微笑說：

「你已經隱約想出答案了，不是嗎？」

「……紘神冥駕原本是獅子王機關的關係人員，對吧？」

古城摺話般斷言。緣靜靜地頷首。

「正確答案。當攻魔師並無作為的他，曾經是受僱於獅子王機關的研究人員——負責研發新型武神具。不過，那是在他仍屬普通人時的事。」

「在他變成殭屍鬼之前嗎？」

古城靠在壞掉的床上，氣悶地交抱雙臂。

絃神冥駕這名男子給人纖細而具知性的印象。要說他的真面目是研究人員，古城也可以感到認同。相較於雪菜這樣的正職攻魔師，冥駕的武術本領還是離不開防身術的領域。他真正可怕的地方在於殭屍鬼的不死特性，還有運用零式突擊降魔雙槍帶來的優勢。

「我也不清楚詳細的內情。不過，在零式突擊降魔雙槍的實驗意外中，那個男的曾經死過一次。隔了幾年以後，那傢伙再次回到獅子王機關時就變成那副身軀了。哎，雖然說隱約能想見是誰搞的鬼啦。」

緣看似不耐煩地哼聲。

「是誰？」古城忍不住追問。

「絃神千羅——冥駕的祖父。」

從緣口中冒出的姓名讓古城微微地倒抽一口氣。

絃神千羅——只要是這座島的居民，任誰都會曉得的名字。舉世聞名的魔導建築權威，同時也是絃神島的設計者。假如是他，確實有能力將孫子冥駕的遺體回收，再使其復活成殭屍鬼吧。

「聽說冥駕回來後，關於他的待遇曾經引起不小的爭議。但是，結果獅子王機關同意讓

絃神冥駕復職了。畢竟他並沒有因為變成殭屍鬼就失去生前的記憶，而且那傢伙在研發武神具方面的才能是出類拔萃的。」

「你們把應該已經死了的人聘為研究者？」

「假如上層都不僱用魔族，我也不會待在獅子王機關啊。」

身為長命種的緣對古城怪罪的那句話一笑置之。

只要擁有傑出能力，無論像緣這樣的魔族或者像雪菜她們那樣的未成年人士都可以利用。這大概就是獅子王機關的作風。表示縱使是政府的特務機關，不做到這種程度就無法對抗大規模魔導災害。

「當然我們並沒有以冥駕身為人類時的相同條件來聘用他。他有義務定期接受檢診及輔導，還派了人負責監視他。」

「監視……？」

古城無意識地心生動搖並追問。因為他把冥駕過去的遭遇和自己現在所處的情境重疊在一起了。

緣穿插了一段像在嘆氣的短短沉默才回答。

「獅子王機關的劍巫，藤阪冬佳——過去人稱『雪霞狼』的古老武神具使用者。」

「意思是……是初代的『雪霞狼』……？」

古城愕然嘀咕。仍然坐在地上的紗矢華也訝異地睜大淚濕的眼睛。在雪菜的七式突擊降魔機槍出現之前，還有其他名叫「雪霞狼」的武器——她應該也是頭一次聽聞這項情報。

「冬佳小姐是嗎……後來她怎麼了？」

「她已經不在了。她被召去執行劍巫的緊急任務，之後就沒有回來。隨後，紘神冥駕便沉淪為魔導罪犯。那傢伙在被南宮那月抓到並關進監獄結界以前，殺了多達十三名獅子王機關的攻魔師。」

「因為那個叫冬佳的人死掉的關係嗎？」

古城發出沉重的嘆息。緣草草地搖頭說：

「事情沒那麼單純，不過對外用的就是這套說詞：藤阪冬佳是隻身一人和成群咒術師交戰才會死亡。」

「對外的說詞——所以還有隱情嗎？」

緣望著一臉納悶的古城，然後露出淡淡微笑。

「沒錯。真相稍有出入。就算冬佳殉職，冥駕也沒有理由要憎恨獅子王機關吧？」

「嗯……」

說得對——古城表示同意。

既然藤阪冬佳是被魔導罪犯所殺，冥駕憤怒的矛頭就該指向犯人才合理。自己變成罪犯

並加害獅子王機關的同僚，根本於理不合。

不過，那也得要獅子王機關說的是真相。

「冬佳並不是死了——她進化了。」

「進化……？」

緣無視於前言後語的這句話，讓古城產生莫名的不安。

「那是『雪霞狼』的副作用。透過人工性質的靈格進化轉換(Shift)成高次元存在。簡而言之，就是天使化。」

緣環顧古城等人發不出聲音的表情，更加淡然地告訴他們：

「冬佳變成了模造天使。和現在的雪菜一樣。」

3

紘神冥駕在濕潤土壤上醒了。施以魔法性質加工的土，通稱「墳場之土」。

受詛的泥土會帶給吸血鬼力量——此乃迷信，然而四大元素之一的大地碎片可當成咒術觸媒利用卻是不爭的事實。因此，冥駕與曉古城戰鬥時受的傷也已經恢復得差不多了。不過，那些「土」並非冥駕準備的東西。

冥駕緩緩撐起上半身，無言地環顧四周。

他在巨大遊船的甲板上。

原本應為供乘客使用的游泳池之處填滿了當成咒術觸媒的「土」，泳池周圍甚至設有簡易的結界——用來提升不死者肉體再生速度的結界。這座「土」之泳池的主人似乎是熟知不死者特性的魔族。冥駕的黑槍就隨地擱在泳池旁。

「幸能見你安好，絃神冥駕。醒來的心情如何——？」

從站起的冥駕頭上傳來了含笑的迷人嗓音。

有一名青年佇立在上層甲板的末端。

青年的金色秀髮正飄揚於灑落的月光下。身穿純白三件式西裝的吸血鬼，注入玻璃杯的深紅液體在他手中搖晃著。

「原來如此。在基石之門第零層迎戰第四真祖眷獸的就是你嗎，奧爾迪亞魯公——迪米特列．瓦特拉？」

冥駕拂落全身所沾的土，並且語帶嘆息地苦笑。

他的道士服到處都有燒焦痕跡，慣用的眼鏡也不見了。不過，遭受第四真祖的眷獸攻擊卻只造成這點損傷，已經接近於奇蹟。

曉古城趁零式突擊降魔雙槍失效的短瞬空檔，召喚出雷光巨獅——從那波攻擊中救了冥駕的是全身為鋼刃所覆的巨蛇眷獸。

迪米特列．瓦特拉被稱作最接近真祖的吸血鬼，即使其眷獸能對抗第四真祖的眷獸也沒有不可思議之處。接著，瓦特拉就將無法行動的冥駕帶出第零層了。

「不好意思，你被第四真祖破壞的右臂，我擅自準備了屍體替你修理。因為我判斷憑殭屍鬼的再生能力無法修復。」

瓦特拉說完，就對冥駕投以毫不掛懷的笑容。

「不會……感謝你如此費心。」

冥駕恭敬地行禮。殭屍鬼終究是贗品，沒有「舊世代」吸血鬼那般的再生能力。縱使被稱為不死之身，肉體被破壞也就玩完了。要讓失去的四肢再生，只能從其他屍體奪取零件接上去。瓦特拉的處理方式實屬確切。

「不過，還望請教為何要救我？既然你曉得第零層的存在，應該就已經察覺我們的真正目的了吧？」

「重現『聖殲』嗎？真令人期待。」

瓦特拉開朗地回答冥駕充滿猜疑的疑問。

冥駕有些不耐煩似的瞇眼。

「假如這項計畫成功，人類就會得到將所有魔族從世界上驅逐的手段——哪怕是你們吸血鬼的真祖，也無法從滅亡中倖免。」

「若是如此，我更想看看『聖殲』復活的景象了。」

瓦特拉露出迷人微笑。冥駕挖苦似的揚起嘴唇。

「就算你的一時興起會讓所有魔族滅亡？」

當然——瓦特拉凶猛地現出獠牙。他迷人的眼睛裡盪漾著昏暗色彩。

「你不知道嗎？所謂的『舊世代吸血鬼』，對於永恆的生命都已經厭倦了。」

瓦特拉靜靜地用玻璃杯將深紅液體倒入喉嚨。他全身上下冒出邪氣，讓理應不具體溫的冥駕像背脊發冷一樣顫抖了。

「能見證世界走向終結，對早就活膩的我們來說不正是最棒的娛樂嗎——你不這樣認為嗎，絃神冥駕？」

「那我會努力回應閣下的期待。這條虛假的生命得你解救，我至少該以此當成回禮。」

冥駕撿起腳邊的黑槍，然後深深一鞠躬。

哎呀——瓦特拉挑眉。和冥駕的對話結束，使他臉上顯得有些惋惜。

「你要走了嗎？」

「是的。因為在與你們為敵以前，我還有沒做完的事情——」

冥駕一邊在半空畫出移轉空間的魔法陣一邊回答。

瓦特拉不打算阻止冥駕。他目送彷彿融於虛空中的黑衣青年離去，然後看似同情地用誇張的動作搖頭。

「對獅子王機關復仇嗎……真是空虛。要戰鬥，就應該更加純粹地以戰鬥本身為目的。你們不這麼認為嗎，特畢亞斯、吉拉？」

瓦特拉自言自語般嘀咕，銀霧幽幽地瀰漫於他的背後。那陣霧氣變濃以後，化成了兩名少年的身影。特畢亞斯・加坎和吉拉・雷別戴夫——兩人各為「戰王領域」的貴族，同時也是瓦特拉親信的好戰派吸血鬼。

然而他們望著盟主瓦特拉的眼裡卻流露著掩飾不盡的擔憂。

「——大人，讓那個男的離開真的好嗎？」

俊秀相貌帶有銳氣，令人聯想到冰冷刀械的少年——特畢亞斯苦澀地瞪著月光照耀下的絃神島發問。瓦特拉則用意外冷靜的表情回頭對他們說：

「當然了。死後仍受絃神千羅盤算操控的可悲傀儡——對這座用廢鐵和魔法打造的垃圾島嶼來說，實在是相襯的演員。據傳連真祖都能誅滅的『聖殲』之力，更是讓人倍感興趣的劇碼吧？假如真有那樣的力量，我勢必要得到手。」

「……這才是我們的盟主呢。」

特畢亞斯聽了瓦特拉這段也可解讀為有意背叛真祖的話，死心似的苦笑了。

吉拉也將右手湊到自己胸前，恭敬地垂下目光。

「我們同樣只能在鬥爭中體認到自己活著。哪怕要將半個世界化為灰燼，請讓我奉陪大人的這場遊戲到最後。」

「事情沒那麼堂皇。這只是『宴席』的餘興節目。」

瓦特拉將盛滿深紅液體的玻璃杯舉向月光，冷酷地笑了出來。

「好了，我心愛的第四真祖，離時刻到來還剩一會兒──在那之前，你儘管去和可悲的傀儡嬉戲吧。在這片虛假的大地，和虛假的天使一起。」

4

古城最先體會到的並不是驚訝，而是疑心。齊聚現場的所有人，該不會都是串通好要騙我的吧──古城心裡有類似這樣的不信任感。

他的疑惑有一半逃避現實的成分，不久就變成了憤怒。

「妳說姬柊變成模造天使……是怎麼回事！」

古城逼近緣面前，粗魯地揪住她的胸口。目睹這一幕的紗矢華畏懼似的表情僵硬，緣卻毫不抵抗，還冷冷地仰望古城。

「你不是也看見了嗎？雪菜為了救你而動用模造天使之力的現場。」

「唔……」

「以前應該就有徵兆了。你並非攻魔師，要你察覺倒也是強人所難。那孩子每次發揮出超越極限的靈力，天使化的症狀就會加深才對。」

緣用不帶感情的淡然口吻繼續說明。

古城粗魯得幾乎是用推的放開了她的領口。

「儀式是怎麼進行的？」古城反問。

「儀式？」緣納悶地蹙眉。

「要創造出模造天使，必須讓候補人選互相殘殺，經過一些麻煩儀式才對吧！」

古城粗裡粗氣的詰問聲讓夏音嚇得肩膀發抖。

在叶瀨賢生執行的模造天使量產計畫中，就曾讓好幾名少女互相殘殺，還對絃神島的市區造成了大規模損害。參加殘殺的候補人選裡，也包含賢生的女兒夏音。

「那是因為將人體強制改造成天使，會需要大量高功率的靈能中樞。」

賢生回答了古城的疑問。他既沒有懺悔也沒有誇耀自己的罪過，只是嚴肅地道出事實。

「將強化到人體承受極限的靈能中樞迴路，總共七人份——移植到一個人類的體內，才能讓完美的模造天使誕生。」

「既然這樣，姬柊又是怎麼回事！那傢伙應該一次也沒有奪取過別人的靈能中樞啊！」

緣對古城的疑問默默點頭，賢生則提出反駁。

「但是，她有七式突擊降魔機槍。」

「姬柊的……槍……？」

「七式突擊降魔機槍產生的神格振動波，和模造天使操控的神氣是同一種東西。會吸取她的靈力並轉換成神氣的七式突擊降魔機槍就可充作靈能中樞，而且它更是功率極高的靈力迴路。當然，那對她的肉體應該也會造成影響。」

「那就是『雪霞狼』的副作用——嗎？」

憤怒得皺起臉的古城又瞪向緣。

沒錯——「雪霞狼」和模造天使各能操控同一種力量。古城明白這個道理，因為他在近距離看過好幾次雪菜用長槍將夏音天使化之後的攻擊抵銷。可是……

「那算什麼道理！妳在開玩笑嗎！那把槍是你們獅子王機關交給姬柊用的吧——！」

「畢竟能活用『雪霞狼』的適任者十分有限啊。身為劍巫仍未成熟的雪菜會被選來負責監視你，也是因為她和那把槍極度契合。」

這麼說完的緣閉上眼睛。她看似有些難過地搖頭。

「但因為如此，那孩子的天使化症狀發展得遠比獅子王機關料想中更快。這次的狀況對我們來說同樣是出乎意料。」

「……姬柊會變怎麼樣？」

古城用像是壓抑過的聲音問。事到如今，責備緣等人也沒有意義。古城明白箇中道理，卻也無法就這樣看開。

「在長槍沒有啟動的狀態下，她身為模造天使的覺醒度是在第二到第三階段之間——不至於妨礙日常生活的程度。」

賢生代替緣說明。古城安心地鬆了一口氣。即使用階段來形容覺醒度，他也無法理解，但如果想成和天使化之前的夏音一樣，問題似乎不大。

「所以姬柊不會突然就消滅吧？」

可能性極低——賢生用帶有魔導技師風範的語氣回答。

「然而在使用七式突擊降魔機槍的情況下——她的覺醒度會超越第五階段。形容成和你們交手時的夏音一樣，大概會比較好懂吧？要是在那種狀態下大量釋出靈力，天使化的症狀應該就會一舉加劇。」

「什……」

古城臉上失去血色。紗矢華或許早就料到賢生會這樣回答，她毫無反應地聽著古城他們之間的對話。

緣疲倦地笑著搖頭。

「像我使用的靈弓術能增幅靈力，她最好也跟那種系統的咒術保持距離，更別說使用六式重裝降魔弓或乙型咒裝雙叉槍那樣的武神具了。」

「等一下，那樣姬柊不就……」

「重振無望了，以劍巫而言。」

緣斬釘截鐵地斷言。是嗎——古城緊咬嘴唇。不過，他心裡莫名感到認同。難怪紗矢華會像那樣失去方寸，還氣得暴跳如雷。

雪菜從小就成天接受嚴苛的訓練，只為培育成劍巫。這樣的她卻被剝奪了劍巫的力量，連古城都能隱約想像那是多麼殘酷的事，何況是跟雪菜一起長大的紗矢華，更應該會感受到切身之痛才對。

「你沒有必要內疚喔，第四真祖。這是我做為師父的責任。」

緣自嘲般虛弱地笑了笑，並且抱起黑貓摸牠的背。

「剛才談到的事情，姬柊她——」

古城勉強只擠出這些話。緣有些困擾地聳聳肩回答：

「等那孩子起來，我會親口告訴她。所以嘍，第四真祖——今天能不能請你先離開？我想，雪菜應該也不希望讓你看到自己沮喪的模樣。」

「妳要我丟下姬柊回去？」

「七式突擊降魔機槍是獅子王機關的祕藏兵器，原本這些內情都不該透露給外人曉得。之所以告訴你，是出於我本身的誠意。」

緣冷冷地回瞪古城並說道。接著，她看似生厭地望著眼睛仍哭得腫腫的紗矢華說：

「在決定接任的監視者以前，就先讓紗矢華跟著你。哎，你們倆好好相處。」

咦？我嗎——紗矢華訝異地抬頭，古城則低頭看著她說：「真的假的？」畢竟古城剛剛才差點被她宰了。

紗矢華和古城同時看了彼此的臉，然後又同時發出嘆息。

饒了我們吧——兩人都為此消沉，夏音則擔心地看著他們的臉。

5

叶瀨賢生的研究室位在人工島北區的地下最深層。地點與外界隔離，相當於收容所。因為他身為模造天使事件的主謀，目前仍被視為需接受嚴密監控的魔導罪犯。

紗矢華在研究所入口對守衛亮出攻魔師執照。由她帶領之下，古城離開了隔離區域。回地上以前，他們倆一句話也不肯對彼此說。一邊是差點被宰，另一邊則被看見哭得唏哩嘩啦的臉——因此雙方尷尬得沒辦法交談。

「我啊……」

離開地下道以後，紗矢華才咕噥。

不知不覺中似乎天亮了。亞熱帶地區的太陽格外強烈，照亮了早晨高樓林立的大街。

「從第一次見到雪菜，我就一直覺得她是個像天使一樣的女生。可愛認真又溫柔漂亮……沒想到她居然會真的變成天使。」

紗矢華「啊哈哈」地乾笑。或許她是想舒緩現場氣氛，不過坦白講，古城笑不出來。紗矢華勉強硬撐的樣子讓人心痛。

「姬柊才不是什麼天使啦。」

古城用小孩鬧脾氣的調調回嘴。這半年來，古城幾乎每天都被雪菜跟進跟出，卻從來不覺得她像個天使。

「她動不動就鬧脾氣，又老是逞強，還怕搭飛機，而且對美乃滋亂迷一把的，她還對怪模怪樣的貓咪吉祥物有異常執著——」

「雪菜就是可愛在這裡啊……她果然是天使嘛。」

紗矢華全然無視古城毫不停頓的牢騷話，還陶醉地反駁。她依然對雪菜溺愛成性。古城實在佩服她那種無從動搖的愛。

「妳真的是心意堅定耶。我有點尊敬。」

「我、我又不希望被你尊敬——呃，不講這個了，曉古城，你都沒有想法嗎？假如雪菜不能當劍巫，或許就不能再跟你見面了耶。」

「這樣對妳來說不是正好嗎？」

古城嫌麻煩似的點破對方。別接近我的雪菜——紗矢華平時總是如此耳提面命，現在忽然替古城操這種心，他也不曉得該如何反應。

紗矢華似乎對這樣的矛盾有自覺，就有些心急地拉開嗓門說：

「咦？啊……話是這樣沒錯啦！畢竟我的雪菜以後就不會再被你玷汙純潔了！」

「我才沒有玷汙她！妳別大聲嚷嚷那種會造成誤解的話！」

古城一邊吼一邊介意周圍的視線。雖說是早上，他們在企業及大學研究所櫛比鱗次的人工島北區，人行道上並非完全沒有上學上班的行人。就算不顧慮這些，身穿高中制服的古城和紗矢華在這個地區也一樣顯眼。

「反正姬柊也是個普通人，與其變成模造天使那種莫名其妙的東西然後消滅，還不如讓她過平凡幸福的生活來得好吧？」

古城用像是在說服自己的口氣嘀咕。假如雪菜不用從世上消滅，就算以後見不到她，古城也只好認命接受。畢竟古城和雪菜本來就不算朋友，他們終究只是被監視的吸血鬼以及政府派來的監視者罷了。

紗矢華看向打算就這樣接納現實的古城，嘀咕著問：

「什麼叫平凡的幸福？」

「咦？」

「我們從小就是被培育長大要成為攻魔師的耶。現在才要我們去追求平凡的幸福，誰曉得該怎麼做啊？」

「就算不能繼續當劍巫，也不代表她會被獅子王機關趕出去吧？」

沒理由地心慌起來的古城反問紗矢華。基本上，雪菜既認真，頭腦又好，即使不擔任劍巫那樣的戰鬥人員，可以做的工作依然多得是。獅子王機關也沒道理放任靈力高到能成為模造天使的人離開。

「呃，這倒也是啦……」

紗矢華支支吾吾地回答。接著，她一臉認真地面對古城。

「雪菜房間裡有簡易的靈力檢驗器材組。」紗矢華說。

勁。

「靈力檢驗器材組？」

「她從前陣子就曉得了，近期內她將不能繼續當劍巫——」

紗矢華靜靜的細語讓古城發覺自己心臟猛跳。他也有發現雪菜在最近這段期間感覺不對勁。然而，他沒有深究當中的理由。

「那傢伙為什麼要瞞著我？這表示她其實也曉得喵咪老師來找她的理由吧？」

「就是知道才要逃吧。她想趁自己被帶回高神之杜以前，先幫忙救藍羽淺蔥。」

「明明她自己或許會因此消滅？她為什麼要這樣……」

古城想起雪菜跟他在前往基石之門第零層途中的互動。雪菜說過自己的身體狀況沒問題——她不惜撒這種立刻就會穿幫的謊，也堅持要跟古城同行。古城不明白其中的理由。雪菜應該沒有道理要冒著自我消滅的危險救淺蔥。

然而，紗矢華似乎懂雪菜的心情。她用看似有些羨慕的目光看向古城。

「難道對她來說，那就是平凡的幸福——」

話說到一半的紗矢華猛然回神，還帶著遷怒的調調，用力踩了愣在原地的古城的腳。

「沒事啦！你去死算了，白痴！」

「妳幹嘛突然發飆啊！」

腳背被皮鞋鞋跟踩到的古城淚汪汪地反問。

紗矢華看見古城的窩囊樣好像就滿足了，看似放寬心地挺直背脊，還刻意當著古城面前挺胸，彷彿硬要賣人情地說：

「哎，所以嘍，我也會協助你救藍羽淺蔥。」

「妳要幫忙……？」

紗矢華看古城一臉驚訝，連忙轉開了目光。

「這、這不是為了你或藍羽淺蔥，而是為了雪菜！」

「哎，有人幫忙是很好啦……」

古城猜不透紗矢華突然表示要幫忙的真正心思，疑惑地嘆氣。此時，有道嬌小的人影朝古城他們的方向跑來了。

身上制服格外體面的國小女生，特徵明顯的紅髮上面戴著可愛的貝雷帽。她一邊跑過行人穿越道，一邊大動作地朝古城揮手。

「男友大人！這可不是男友大人乎！」

她用令人聯想到時代劇的誇張語氣這麼問候。

「誰啊？」紗矢華瞪著古城問。她懷疑的眼神正在訴說：你連小學生都染指了嗎？

「……妳是什麼人？」古城同樣用帶有戒心的表情看向少女。

「在下乃麗迪安・蒂諦葉是也！男友大人，難不成你失憶了？」

少女說著火大地抬起頭。

這時，古城的記憶才總算和少女的臉湊到一塊。畢竟他認識蒂諦葉時，她穿得奇模怪樣，一旦換上正常服裝就認不出來了。

「啊……原來是妳。對喔，妳姑且也算學生嘛。」

「然也。在下就讀於天奏學館國小部。」

麗迪安有些得意地秀了小學名校的制服。

仔細一想，古城上次和她講話是在入侵基石之門第零層的時候。現在會看到她慌慌張張趕過來，或許在古城和冥駕交手而失去聯絡以後，她就一直在找他的下落。

「抱歉。這麼說來，我的手機被紘神冥駕那傢伙搞壞了，所以都沒辦法跟妳聯絡。害妳擔心了。」

「不打緊不打緊。」

古城深深地低頭賠罪，麗迪安則態度悠然地回答他。接著，麗迪安的目光忽然停在古城旁邊的紗矢華身上。

「哎呀，這位乃前陣子見過的舞威媛大人是也。」

「原來妳們認識？」古城不禁向紗矢華確認。

「之前稍微接觸過……雖然我第一次見到沒搭戰車的她就是了……話說，妳平常講話就這副調調啊？」

「嗯。武士口無二言。」

紗矢華傻眼地問，麗迪安則大大方方地回答她。妳又不是武士，而且用詞也錯了——古城無力地吐槽。

「易卜利斯貝爾呢？」古城換了心情這麼問。

「那位公子在昨晚就與在下分開了。因為他已經確保過在下的安全是也。」

麗迪安說完就碰了戴在手腕的錶。

尺寸同汽車的有腳戰車隨即從她背後幽幽地現身。之前似乎都是靠咒術迷彩隱形的。其輪廓和昨晚被破壞的機體大致相同，不過細部的造型仍有微妙差異。

「預備的戰車送來啦？」

原來妳從平常就像這樣帶著戰車在外面跑嗎——古城臉色緊繃地發出嘆息。大概就是因為麗迪安已經得到新的戰車，易卜利斯貝爾才判斷自己不需要繼續當護衛吧。

「此乃『膝丸貳號』。裝備用來應對接近戰的鑽頭，正是這輛機體的亮點是也。」

麗迪安自豪地指著戰車前腳裝設的鑽頭說明。在實戰中究竟能發揮多少效果呢？坦白講造型有些微妙。

「這、這樣喔。感覺挺帥氣的耶，我覺得啦……不講這個了，麗迪安，第零層那裡是怎麼搞的？別說找不到淺蔥，連半個人都沒有耶。」

「在下調查不力是也。顏面掃地矣。」

古城硬是改換話題，麗迪安便低頭對他賠禮。淺蔥被軟禁在那裡的情報果真有誤。

「然而，在下已經解開第零層之謎了。所謂第零層，指的並非基石之門中的某一樓層。潛藏在底下的潛水艇基地才是它的真面目。」

「潛水艇基地……？」

失去表情的古城呆站在原地。

基石之門第零層，既不在地上也不在地下的空間。它位於這座人工島的海拔零公尺——正好與海面同高的意思。

那個神祕空間被可承受水壓的堅固牆壁包圍著。基石之門第零層能夠替潛水艇進行維修或補給，有足夠的條件成為基地。

「那麼，藍羽淺蔥該不會就是在——」

紗矢華代替說不出話的古城對麗迪安提出問題。

麗迪安態度凝重地點頭，並將目光朝向自己的腳下。

「然也。軟禁女帝大人的『C』室，其真面目即為停靠在基石之門第零層的潛水艇。換言之，女帝目前所在地就是絃神島正下方的海底——深度四百公尺處是也。」

6

碗公裡滿滿的褐色湯頭散發著獨特香氣。少女慎重地用調羹舀起湯，然後輕輕地送入口中品嚐。

「嗯，好喝……！」

藍羽淺蔥一邊讓湯汁在舌尖上打轉，一邊滿足地嘀咕。

穿得可愛而不整的制服；費心打扮過的亮麗髮型；和在地偶像的活動扯不上邊，略顯風騷的高中女生時尚風格。

「果然『紘神麵屋』的海鮮濃湯頭最棒了，還要配上生大蒜，再額外加辣。」

就算稀哩呼嚕地吃拉麵也不會給人沒水準的印象，要拜淺蔥本人無自覺的良好教養所賜。她把麵和配料吃得乾乾淨淨，湯也喝完最後一滴，然後雙手合十說：感謝招待。

瞬時間，拉麵碗公變成閃閃發光的粒子，從淺蔥面前消失了。

取而代之出現在淺蔥手裡的是最新一期的時尚雜誌。她從虛空喚出自己愛用的沙發與靠墊，然後慵懶地躺下。

「嗯，這款『最佳解答』的裙子好像滿可愛。這邊的內褲也不錯，問題在於顏色。該選不出差錯的黑白素色，還是刻意選動物圖樣……欸，摩怪，你覺得呢？」

淺蔥一邊將光腳丫晃來晃去，一邊呼喚和她搭檔的人工智慧。可是，平時應該會立刻傳來的挖苦聲卻沒有回答她。

「……摩怪？」

淺蔥頓時正色並停下翻雜誌的手。接著她緩緩起身。瞬時間，雜誌、沙發和軟墊都從淺蔥的眼前消失了，只剩無邊無際的永恆黑暗，以及如星辰般閃爍的二進位數據。

這個只有光明與黑暗的世界，是由管控絃神島的五具超級電腦以及淺蔥的意識創造出來的虛擬現實——也就是所謂的電腦空間。

只是這個世界有別於一般的電腦空間，帶有魔法性質。

將保管於基石之門第零層「咎神之棺(Cain's Coffin)」的「資訊」輸入(Install)以後，人工島上的電腦網路就得到了魔法結界的功能。如今那座「電腦結界」更將身為管理者的淺蔥肉體納入其中，將她軟禁在結界內部。

由於淺蔥本身的肉體被當成維持電腦結界的零件(Parts)裝在裡面，她離不開結界。以原理而言，和遭到監獄結界吸收的南宮那月狀態相同。這座電腦結界說起來就是由淺蔥的意識創造出來的夢。將淺蔥本身的肉體囚禁在其中，甚至也能影響到現實世界的危險夢境。

那月是透過魔法創造出分身來遙控，即使在現實世界也能自由行動。然而淺蔥沒有辦法模仿她，頂多只能闖進現實世界的網路向古城求救。

相對的，淺蔥在這座電腦結界裡可以過得像神一樣自由自在。要把喜歡的餐點或雜誌弄到手或創造出愛用的家具都易如反掌，化妝、衣著或髮型也只要透過想像就能自由改變。不過，終究也就如此罷了。

「唉～～實在是膩了耶。沒想到什麼事都能隨心所欲，感覺還滿無聊的——欸，妳也一樣吧？」

淺蔥說完便緩緩地環顧周圍。接著，她朝空無一人的黑暗呼喚。

間隔了疑惑般的短暫遲緩(Lag)以後，有陣年輕女性的嗓音傳來。那是像在聽古老錄音一樣夾雜著雜訊的沙啞聲音。

「聰明若斯的『電子女帝』啊——妳已經學會使用『箱庭』了呢。」

光粒聚集在一處，有個少女現身了。

是個陌生而美麗的女孩，只能看出她有一頭烏亮的秀髮，人種與國籍都不明。看起來可以是任何時代、任何國度的人——樣貌如此不可思議的少女。

「別這樣啦。連妳都要用那個丟臉的綽號叫我喔？呃～～……」

口氣像在和老友講話的淺蔥問對方。少女冷冷地嘴唇顫抖。看來她似乎想微笑。

「那麼，請妳稱呼我『女教皇』。這樣我們就彼此彼此了。」

「要正常叫我本名，我也不介意就是了。」

如此回答的淺蔥噘起了嘴。黑髮少女的大眼睛毫不帶感情地朝淺蔥看過來。

「藍羽淺蔥，妳已經理解一切了，對不對？」

「畢竟『棺材』裡的東西都亮出來啦。」

淺蔥懶散地微笑並聳肩。「棺材」中的「資訊」，就是咎神該隱的「記憶」。正因如此，淺蔥並不怕黑髮少女。除了淺蔥以外，理應沒有任何人存在的電腦結界會被少女入侵的理由——淺蔥心知肚明。她更曉得少女的身分。

「妳知道了這個世界的真相，內心平靜嗎？」

黑髮少女責問平靜笑著的淺蔥。淺蔥則微微吐舌說：

「因為我從一出生就活在這個世界，現在妳要我為此煩惱也挺讓人困擾的吧？畢竟我是在『魔族特區』長大的啊。」

「即使有人想利用妳住的『魔族特區』來摧毀這個世界？」

「這個嘛。」淺蔥一瞬間露出了思索的舉動。「或許那確實會令我火大吧。」

「那麼，妳要不要和我交易？」

黑髮少女單靠脣形露出一抹微笑。

「交易？」

「我可以將妳從這裡解放出去。讓妳離開這個永遠孤獨的世界。」

「意思就是由妳來當我的替死鬼，對吧？」淺蔥不悅地嘆氣。「然後呢，妳所求的又是什麼，『女教皇』？」

「詛咒。」

少女迅速回答。她的烏黑長髮在黑暗中飄舞起來。

「對行使咎神之力者，烙下永恆詛咒——」

「原來如此……」

淺蔥無奈地搖頭。

某方面來說，對方的答案正如淺蔥所料。對此她感到失望。

「很遺憾，這項交易不能成立喔，『女教皇』。」

「為什麼？妳不想回到外面的世界嗎？」

「雖然這也算是滿有吸引力的提議，不過復仇不親自下手就沒意義了吧？」

嘖嘖嘖——淺蔥作戲般晃了晃食指。

「而且，詛咒人是會有報應的——妳懂嗎？執著於無聊的詛咒只會讓自己不幸喔。」

「妳說……不幸嗎？」

黑髮少女如此嘀咕以後，便靜靜地發出長長的嘆息。

少女全身披著像是單純用布料圍上去的粗糙斗篷。她解開那件斗篷，丟在自己的腳邊。少女在黑暗中露出了她的裸體。

「難道還有比我這副模樣更大的不幸？」

「『女教皇』……妳……！」

淺蔥望著黑髮少女的裸體，驚訝得發不出聲音。

勻稱美麗的身體。然而，其全身卻刻著縫線般的深深傷痕，悽慘樣貌彷彿硬是將七零八落的肉體縫合起來。

「可悲又可恨的咎神巫女啊，讓妾身將汝的世界染上永恆的悲嘆與怨聲吧。我要妳痛切領會吾血的詛咒！」

黑髮少女體內湧現出黑暗，將電腦結界內部逐步染黑，酷似電腦病毒增殖後漸漸汙染網路的模樣。

淺蔥飄浮在電腦結界的肉體也逐漸被那波黑色侵蝕吞沒。

之後僅留下笑聲。內心被復仇意念占據的少女狂笑。

雪菜確認銀槍裝在吉他盒裡面以後，就拉上了拉鍊。

安排用來代替病房的小小實驗室。室內只有雪菜一人。她謊稱自己不舒服，將叶瀨賢生等人趕了出去。

身穿病患服的雪菜頭髮上停著銀色蝴蝶——雪菜用咒術創造的式神蝴蝶。透過那些蝴蝶，她將所有對話都聽在耳裡。

包括紘神冥駕的過去，還有自己正逐漸天使化一事——

「雪菜。」

夏音一邊避人眼光地環顧周圍，一邊走進房間。她胸前捧著摺得整齊的衣物，是雪菜原本穿的制服。

「制服幫妳洗好了。另外——雖然這些都是我的衣服，妳要的話就借妳。」

夏音說完，遞了新的內衣和襪子過來。儘管借他人衣物多少有些難為情，不過對現在的雪菜來說，沒有比這更值得感激的心意了。畢竟她昨天好幾次被海風和雨水又吹又淋的，又接連跟緣還有冥駕交手，貼身衣物已經變得慘兮兮。

「對不起喔，給妳添了好多麻煩。」

雪菜立刻換上收到的衣服，並且向夏音答謝。

是雪菜硬要拜託不情願的夏音幫她把「雪霞狼」和替換衣物偷偷帶來這裡的。雖然雪菜知道自己的任性會讓夏音受苦，不過她從一開始就有把握夏音會願意協助她逃走。因為換成夏音站在雪菜的立場，她肯定也會和雪菜做一樣的事情——雪菜明白這一點。

即使得用自身的存在做交換，也要協助古城。這就是雪菜做的決斷。

「我才要說對不起——之前我差點變成模造天使的時候，明明是妳救了我。」

在胸前交握雙手的夏音露出快要落淚的表情。

憑自己的力量救不了正逐漸變成模造天使的雪菜——夏音為此悲嘆。

「妳沒有任何需要道歉的地方喔。再說當時救妳的是曉學長。不對，不只那個時候，他一直都——」

雪菜搖著頭露出溫柔的苦笑。

沒錯。從她開始監視的這半年期間，古城一直都在設法幫助別人。比如絃神島的居民、親生妹妹以及女同學。夏音也是，有時候更包括雪菜自己——

儘管古城擁有世界最強吸血鬼的力量，他會動用那些本領往往都是為了別人。

因此，雪菜非幫他不可。

為什麼？理由不用想也知道。因為她是他的監視者。

「請妳聽我一個請求就好。」

夏音望著換好衣服、揹起樂器盒的雪菜並開口。

「咦？」

雪菜訝異地回頭看她。因為在這種時候提出請求，感覺並不像夏音會有的舉動。夏音則牽起雪菜的手，細語般告訴她：

「雪菜，妳要再回來。」

雪菜默默地回望夏音盪漾著淚光的眼睛。她不會對夏音說謊。她不能保證。因此，雪菜懷著所有心意，只表達出一句：

「謝謝妳。」

之後沒過多久，姬柊雪菜就離開研究所了。

叶瀨賢生的研究所再怎麼與外界隔離，其警備也攔不住獅子王機關的劍巫。何況雪菜帶著能斬除萬般結界的七式突擊降魔機槍。

輕易讓警備失去效用的雪菜脫逃了。臉色看來有點嘔的緣堂緣用手托著腮幫子，正透過監視器目送她離開。

「讓她就這麼走掉好嗎？」

表情陰沉地啜飲著咖啡的賢生對緣開口。

「那是她本人做的決定。隨她高興。」

緣瞇著淡綠色眼睛隨口回答。她嘴邊露出的溫和笑容卻與聽似在鬧彆扭的語氣相反。

「我們長命種可說是沒有壽命大限，然而心靈早就死透，軀體卻活得像行屍走肉的傢伙可多了。和那孩子選擇的過活方式相比，也沒有人會曉得哪一種才叫作幸福——有什麼好笑的啦？」

緣發現賢生露出苦笑，就不高興地抬起頭。

賢生擺回原本陰沉的表情，先聲明「也沒什麼」，然後才說：

「我想起了第四真祖以前說過的話——他叫我別擅自決定幸福的形式，還強加在女兒身上。」

「那個小伙子講話也是肆無忌憚呢，都不曉得長輩多辛苦。」

緣面有苦色地咂嘴。被緣當成使役魔的黑貓則在她腿上，從喉嚨發出類似笑聲的格格聲響。第四真祖那傢伙——緣嘀咕著洩憤。

「萬一我的愛徒出了事，我會讓他遭遇寧可去死的下場。」

「我有同感。為了預防那個男的害我女兒哭泣，我已經製作出用來對付真祖的凶猛詛咒了，不知道妳有沒有興趣？」

賢生用讓人分不出是開玩笑或認真的正經語氣這麼問。

緣開心地噗哧笑出聲音說：

「那可務必讓我見識見識。要折磨那種不老不死的鬼東西，我想我也可以給你建議。」

「原來如此。似乎有參考價值呢。」阿爾迪基亞王國的前宮廷魔導技師鄭重地點頭。

緣哈哈笑了一會兒以後才緩緩打開緊握的右手。在她手裡握著小小的銀色戒指。

「可以的話，我不想用上這個就是了——」

她祈禱般的呢喃聲音正靜靜地逐漸溶入人工島地下的黑暗。

8

身穿華麗禮服的魔女散發出明顯不悅的氣息。

年幼相貌有如女童的嬌小國家攻魔官，「空隙魔女」南宮那月。

「居然像叫外送披薩一樣用一通電話把我找來，你們可真夠了不起呢。是不是啊？獅子王機關的馬尾女，還有曉古城——」

「啊……唔……那、那個……欸，住手啦……」

後腦杓的頭髮被硬拉的紗矢華一臉快哭地拚命抵抗。

地點在基石之門後門附近用來舉辦活動的場地。紗矢華設了驅人的結界，因此周圍並無行人蹤影。這塊場地的正下方，正好就是名為第零層的空間。假如麗迪安推測得沒錯，更底下的海底應該停有軟禁淺蔥的潛水艇。

「等一下，那月美眉。妳會生氣是合情合理，不過我們有苦衷——好痛！」

古城正要開口替紗矢華護航，卻突然慘叫而且整個身子往後仰。因為那月用手上拿的扇子前端朝他額頭狠狠地敲了一下。

「別用『美眉』稱呼你的班導師。我本來就已經很不高興了。」

「居然在這種對體罰嚴格管制的年代亂打學生……可惡……」

古城淚汪汪地瞪著傲然俯視他的那月，並且微微搖頭。

那月哼了一聲以後，總算才放開紗矢華。

「那麼你們有事找我，是跟那個自以為成了藝人的丫頭有關嗎？」

「嗯……與其說淺蔥自以為成了藝人，其實那並不是她本人……」

「用CG做的冒牌貨嗎？我想也是。」

「原來妳有發現？」

那月回答得若無其事，仰望著她的古城則愕然地反問。

「畢竟正牌的藍羽還比較有可愛之處。」

那月望著貼在大樓牆面的淺蔥海報，冷冷地斷言。雖然目中無人的口氣和平時一樣，從聲音中卻可以隱約感受到她對自己學生的關愛。

「我們知道正牌女帝大人的下落了是也，師長大人。」

麗迪安從有腳戰車的駕駛席探頭出來對那月說話。從她稱呼那月為師長這一點，可見她精明低調的性格。她似乎是看見古城被敲額頭，就機警地學乖了。

那月好像也覺得被這樣稱呼不壞，還用莫名溫柔的目光看著麗迪安說：

「在基石之門第零層——『咎神之棺』嗎？」

「原來妳都曉得？」

「當然了，我可是她的班導師。」

那月朝驚訝的古城瞪了一眼，然後得意地抬起下巴。

「『棺材』目前的位置在哪？」

「絃神島正下方的海底——水深四百公尺處是也。目前在下的潛水遙控機正在探測更精確的位置……」

麗迪安低頭看著駕駛席的儀表回答。那月一臉無趣地撇嘴問：

「所以呢？你們是要我把她帶回來嗎？」

「我們想不到其他能拜託的人啦。畢竟那又不是靠肉身可以潛下去的深度。」

古城不甘心地嘀嘴。嗯——麗迪安頷首表示：

「再說男友大人不會游泳是也。」

「換成我以外的人，正常來講也沒辦法潛水四百公尺啦！」

古城忍不住賭氣回嘴。

「最糟的情況下，我也想過要用自己的眷獸，但是我不覺得那樣能將淺蔥平安帶回來。不過要是用那月美眉的空間跳躍（Teleport）——」

那月用人偶般不帶情緒的眼神望著各抒己見的古城等人。

接著，她像是大感失望地深深嘆息。

「傷腦筋。我聽說獅子王機關的舞威媛是咒詛及暗殺方面的專家——看來卻一點也不中用呢。」

「什、什麼！」

遭到點名誹謗的紗矢華睜大眼睛。那月則瞧不起似的仰望她說：

「既然『棺材』是咎神復活的關鍵裝置，妳真的覺得他們會把那麼重要的東西擱在那裡，連驅除魔法的結界也不設？」

「對、對喔……結界……！」

赫然想通的紗矢華捂住嘴邊。她身為獅子王機關的舞威媛，卻遺漏了如此基本的觀念。那月會看不起她也是難免。

「意思是無法靠空間跳躍到潛水艇裡面嗎？」

唔——古城吭不出聲音。那月則隨意點頭說：

「不只空間跳躍，探測類的魔法一律沒用。畢竟水本來就有讓魔力減退的特性，從地上無從確認藍羽是否真的在潛水艇裡。」

「原來那月美眉是因為這樣才放著淺蔥不管啊。妳想救也救不了她，對吧？」

理解情況的古城自顧自地嘀咕。

那月恐怕也在擔心身為自己學生的淺蔥。而且，她也想設法救淺蔥。不過要救被關在海中的淺蔥，就連那月也無能為力。她肯定對自己的無力感到羞恥，還不為人知地流過眼淚——冒出這些想像的古城對那月感到同情。

然而，那月似乎被古城那些毫無根據的想像傷了自尊心。鬼扯什麼啊——她惡狠狠地瞪向古城。

「你在對誰講話？只要我想救，早就把藍羽帶出來了。」

「呃，妳不必那麼愛面子啦——」

「我並不是愛面子！」那月氣急敗壞地反駁：「只要把亞絲塔露蒂丟進海底，要打破

『棺材』的結界不算什麼難事！」

「妳有沒有良心啊……？光是隨便一想就能想出那種點子，有夠恐怖！」

亞絲塔露蒂身為特殊人工生命體（Homunculus），其眷獸能讓物理攻擊失效，還具備破壞魔法結界的能力。假如由她出馬，確實承受得住深度四百公尺的水壓，也能打破潛水艇的結界。

話雖如此，亞絲塔露蒂本身仍是嬌弱的人工生命體，把她丟進海底的主意妥當嗎——

重新體認那月有多恐怖的古城感到顫慄。

「何況就算不特地用那種聳動的把戲，只要放著不管，『棺材』遲早會回到基石之門。第零層就是為此存在的吧。」

改回沉著語氣的那月解釋。

第零層是潛水艇基地，厚實的金屬地板恐怕有可供開闔的設計。底下通達海洋，能讓人直接坐進潛水艇。人工島的居民沒有任何人察覺其存在。縱使絃神島遭受到足以令全島毀滅的損害，至海底避難的潛水艇——「咎神之棺」還是平安無事。

那就是基石之門第零層還有「咎神之棺」的職責定位。

「意思是潛水艇會為了補給而回來嗎？」

古城反問那月。潛水艇性能再高，也不可能永遠潛在海底。它還是得定期補充燃料、糧食還有空氣才對。

不過，那月卻淡然地搖頭。

「錯了。因為已經準備就緒了。」

「準備？」

為了什麼的準備？古城蹙眉。

哼哼——那月冷漠一笑，將視線轉向背後。

「為『聖殲』所做的準備。你說是吧——冥狼？」

「唔！」

吃驚的古城擺出架勢戒備；紗矢華也反射性地拔劍；麗迪安則關上戰車艙門，進入備戰狀態。

黑衣青年打破紗矢華的驅人結界現身了。

他的左手握有兩端都具備槍尖的奇形黑槍。獅子王機關的前研究員兼監獄結界的逃犯，同時也是殭屍鬼——紘神冥駕。

「第四真祖，那個劍巫少女在哪裡？」

冥駕口中冒出了令人有些意外的話語。因為在這之前，他幾乎沒有對雪菜表示過興趣。

「你問的是姬柊嗎……？」

冥駕散發的氣息有些異樣，讓古城起了戒心反問。即使和昨晚交手時相比，目前的冥駕依然有明顯的不同。

由於在戰鬥中失去眼鏡，殭屍鬼特有的空洞眼神暴露在外，受到古城用眷獸攻擊而燒焦的黑衣也保持原樣。左手所握的長槍，如今也感覺不到力量。

可是，冥駕的改變並不只如此。古城沒辦法用言語表達清楚。即使如此，他就是知道冥駕的內在有了某種決定性的變化。

「姬柊雪菜……沒錯，就是她。」

冥駕反而表情溫和地叫出雪菜的名字。

他果真對雪菜有異常的執著。導火線恐怕是昨晚的戰鬥。雪菜展現了模造天使冰山一角的力量——那使得冥駕著急了。

「那傢伙不會再作戰了。她不會再跟你見到面。」

古城低聲表示。無論冥駕目的為何，都不能讓雪菜跟他有所接觸。要趁現在將他打倒。

紗矢華大概也有相同想法。她讓銀色長劍變形成西洋弓，並且搭箭上弦。獅子王機關的試作型制壓兵器——六式重裝降魔弓的真正姿態。紗矢華應該是打算一出手就對冥駕使用自己最強的招式攻擊。

「我想起來了——來自監獄結界的逃犯。趁現在抓住這個男的就對了吧？」

紗矢華用咒箭瞄準冥駕。六式重裝降魔弓催生的巨大衝擊波不只可以當成大規模咒術的

發動觸媒，直接射中目標也能發揮出過人的威力。即使冥駕的黑槍能讓咒術失效，也無法連衝擊波都攔住才對。

「我不管你有沒有待過獅子王機關還是什麼殭屍鬼的，反正只要你敢碰我的雪菜一根手指，我就會咒殺你、砍殺你、射殺你，將你大卸八塊，然後讓你化成灰！」

紗矢華語氣有些瘋狂地嘀嘀咕咕講著什麼。

冥駕則用放大的瞳孔回望她。

「原來她逃啦……趁著還沒有移轉成高次元存在之前……」

冥駕咬牙作響。從他全身浮現出淡淡的朦朧光芒。那陣光芒來自滿布於他肌膚上的成串奇妙圖樣。

「她以為我會認同那種逃避的方式嗎……！」

情緒畢露的冥駕大吼。瞬時間，絃神島——不，整個世界都隨之搖動了。籠罩著冥駕全身的光芒越顯明亮，正逐漸擴散到人工島的大地上。

『唔！』

當古城等人對意料外的現象感到困惑時，麗迪安高聲驚呼。有腳戰車的外部喇叭震動，焦急地對古城他們出聲警告。

『男友大人，第零層開始注水了是也！而且網路上出現了陌生的數據……居然……會有這樣的傳輸量（Data Traffic）……！』

「紘神冥駕，莫非你——！」

那月用手上的扇子一揮，從虛空中發射出黃金鎖鏈。

「迅即到來，『雙角之深緋（Alnas Minium）』——！」

古城幾乎也在同時間採取行動了。他連四周會遭到波及都忘記，立刻就喚出眷獸。

「『煌華麟』！」

隨後，紗矢華放出咒箭。

像子彈射出的無數鎖鏈；咒箭催生的衝擊波；還有雙角獸（Bicorn）挾帶暴風的獸蹄分成了三路朝冥駕所在的位置直撲而來。

好似要將大地剷平且破壞力過剩的集中砲火。區區殭屍鬼的肉體不可能承受得住那種攻擊。可是——

「不會吧……！」

「怎麼……可能……！」

紗矢華和古城愕然咕噥，那月則咂嘴有聲。

紘神冥駕——不，原本曾是冥駕的存在毫髮無傷地站在原地。

古城等人的攻擊沒有觸及他的肉體。與其說被擋下了，不如說是完全失效，彷彿針對他的攻擊從一開始就不存在。

紘神冥駕的存在被淡淡光粒包圍，開始侵蝕紘神島本身。

古城他們以往沒看過這種現象。那並非攻擊魔法或咒術，當然更不是普通的物理現象，和異境侵蝕也有差別。

然而，接觸其光芒的人會產生某種決定性的變化。

好比生者與死者雖具相同形貌，卻互為異質的存在那樣——

「既然姬柊雪菜不現身，我可以替你們把她逼出來——哪怕要讓整個世界都變樣！」

化為異質存在的紘神冥駕用瘋狂至極的語氣宣告。

那成了宣布絕望自此開始的語句。

第四章 聖職

The Sacred Genocide

1

建於基石之門附近的城市飯店——人在頂級套房接待室的矢瀨顯重正聽著那項報告。

「你說『棺材』被解放了……？」

『是、是的。五大主電腦(Five Elements)一號機(Schedar)、二號機(Caph)、四號機(Ruchbah)已突破設計最高運作率。三號機(Tsih)、五號機(Segin)的運作率也在上升中。島上測到大規模「聖殲」反應，發生來源在基石之門第三階層的室外活動場地——第零層正上方一帶！』

研究員隔著監視器大叫，臉上流露出無從掩飾的恐懼之色。他們長年侍奉人工島管理公社的名譽理事——矢瀨顯重，更參與過絃神島的建造過程，可說是顯重底下相當於忠臣的一批親信。正因如此，他們才害怕。「棺材」被解放所代表的意義，他們比任何人都清楚那將為絃神島帶來什麼影響。

「絃神冥駕幹的好事嗎？感覺就像被自己養的狗咬了手……那頭冥狼(走狗)。」

顯重一面看著陸續送達的報告，一面不悅地嘀咕。「棺材」被解放這句話的意思，就是指潛水艇「咎神之棺」抵達基石之門第零層，並且連上絃神島內的網路了。

其結果就是封印在「棺材」的魔法程式會輸入至絃神島。過去被稱作「聖殲」的魔法——將藉由咎神該隱創造的弒神禁咒以電子形態重現的程式。

然而，讓顯重不悅的問題並非「棺材」解放一事。

因為就算「棺材」被解放，光是那樣還不會啟動「聖殲」。

啟動「聖殲」的條件有三——一是做為祭壇的絃神島本身；二是將封印在「棺材」的禁咒解放；最後一項關鍵則是身為啟動「聖殲」的核心控制組件，也就是身為祭品的「巫女」意志。除非能攏絡到超越人類極限的天才電腦高手——「該隱巫女」，否則「聖殲」就不可能啟動。

而且，從過去到現在發現的唯一一名「該隱巫女」適任者——藍羽淺蔥的父母已經被顯重納為人質監視，和軟禁藍羽淺蔥的「棺材」之間的直連通訊迴路也只有顯重能使用。除了顯重以外，再無其他人能和藍羽淺蔥談判。

可是，絃神冥駕卻啟動「聖殲」了。

表示冥駕透過某種方法，得到了「新的巫女」。

那樣的事實讓顯重感到不悅。因為那是不該發生的事態。

「——你正在忙嗎，矢瀨會長？我是不是下次再來比較好？」

有個外國男子坐在招待來賓的沙發上，並且朝眉頭深鎖的顯重搭話。年齡大概未滿四十

歲，以人種而言屬於亞洲系，卻有白皙膚色，給人時時帶著微笑的印象。

男子旁邊站著年齡不詳的娃娃臉女性。長相倒不是不能用可愛來形容，但由於眼皮沒有完全睜開，總覺得有種愛睏的感覺，是個氣質輕飄飄且讓人難以捉摸的女子。

「是我失禮了，連總裁。很抱歉驚擾到你，不過這也是個好機會。請務必親眼見證我們重現的『聖殲』之力。」

矢瀨顯重將椅子轉向坐在沙發上的男性。牆面上的螢幕正顯示出基石之門周遭的影像，當中有部分監視器拍到了疑似爆炸的畫面。

「『聖殲』──咎神該隱為了向眾神反叛及復仇所引發的終極祕咒，對吧？」

被稱為連的男子語氣和緩地反問。

ＭＡＲ總裁沙夫利亞爾．連──全球屈指可數的多國籍魔導企業複合體Magna Ataraxia Research公司的創立者兼頭號股東。

「不過，你打算如何證明那股力量？」

沙夫利亞爾．連的質疑，讓矢瀨顯重露出了彷彿正合己意的自信笑容。

「第四真祖不足以當測試的對象嗎？」

「焰光夜伯……世界最強的吸血鬼是嗎？」

連佩服似的挑眉。矢瀨顯重鄭重地點頭說：

「正是。為了監視那傢伙，『戰王領域』派了奧爾迪亞魯公迪米特列．瓦特拉，『滅絕王朝』則派了凶王子易卜利斯貝爾．亞吉茲過來。只要能將他們一塊殲滅，你就不得不相信我們『聖殲』的正統性了吧？」

「也對。你說得是。」

讓人摸不透情緒的溫和目光朝顯重直直地望了過來。

「不過，引發新的『聖殲』以後，你想獲得什麼呢，矢瀨會長？」

呵——顯重薄薄的嘴唇向上揚起。

「歐洲的『戰王領域』、中東的『滅絕王朝』，還有中美的『混沌境域』——這些夜之帝國的共通點是什麼，你應該心裡有數吧，連總裁？」

「石油、天然氣、稀有金屬(Rare Metal)——豐富的地下資源，對嗎？」

「一點都不錯。」顯重點頭。「我們會消滅所有魔族，解放受制於夜之帝國的人們。」

「而且更要獲得那些土地的利權？」

顯重毫不愧疚地對語帶揶揄的連表示首肯。

「只要我的財團與你旗下的ＭＡＲ聯手，要實現就大有可能，你覺得如何？」

「聽起來頗有意思。」

連說完就換了一邊翹腳，然後看向顯重背後。

「不過，為此你必須將『聖殲』納入掌控才行吧？」

「什麼意思？」

「失禮了。不過，我覺得在這座島引發『聖殲』的要角似乎已經脫離你的掌控了——」

從容微笑的連把話挑明。隨後，奇怪的雜音充斥於套房裡。

顯重蹙眉轉頭。他背後牆上的螢幕冒出強烈雜訊，不久便成了一道少女的身影。有著烏黑長髮的美麗少女。

少女身上只穿著讓人聯想到古代妖精的薄衣，從袖口與下襬露出的手腳滿是淒慘傷痕，彷彿硬是將原本支離破碎的肉體縫起來。

『咯……咯咯……咯……嘎……！』

既美麗又醜陋的少女在螢幕中狂放地笑了。

她空洞的眼睛正望著矢瀨顯重。

『愚昧……愚不可及，貪婪的篡奪者後裔啊，休想實現你們的痴心妄念。「聖殲」的鑰匙已經落入我手中。你們就和讓人深惡痛絕的這座島一起沉沒吧！』

「她就是報告中提到的『亞伯巫女』嗎……」

顯重撇下一句嘀咕。他重新面對書桌上的電腦，並再次呼叫臉色蒼白的研究員。

「『棺材』的狀況怎麼樣？」

『通訊已經斷了。「該隱巫女」沒有反應。五大主電腦仍以超出極限的功率運作中——處於遭外部竊據的狀態。』

研究員近似慘叫出來的這番話讓顯重眼皮抽搐。

「是妳在操控『聖殲』嗎？沒死透的餘孽。慫恿絃神冥駕的也是妳吧。」

『咯……嘎……深切體會正統領地被奪走的屈辱吧——咎神的後裔！』

少女留下宛如咒詛的宣戰聲明後，就消失形影了。

強烈雜訊漸漸遠去，螢幕影像逐步恢復。該死的亡靈——急得皺起臉的顯重瞪向螢幕。因為「亞伯巫女」闖進受嚴密防護（Protect）的祕密通訊迴路，對顯重下了詛咒。

『會長，接下來……我們該怎麼辦才好……？』

「別慌。趕緊搶回都市管理室的演算裝置。要特區警備隊全力搜索『亞伯巫女』，然後通知魔導打擊群的司令。」

顯重喝令畏懼的研究員，自己則重新在書桌前坐好。他一邊感受到沙夫利亞爾・連的冷冷視線，一邊擠出克制情緒的聲音：

「——將絃神冥駕除掉。」

2

凶惡的深紅光輝籠罩著絃神冥駕全身。

細微光粒內部有太古的魔法文字在閃爍。每一顆深紅光粒應該都是蘊藏著強大咒力的魔法陣。古城從未遇過如此壓倒性的魔法，而且深紅光粒的密度和亮度還隨著時間逐漸提升。

更恐怖的是，儘管冥駕散發出這等魔力，身邊卻一片寂靜。感受不到魔力的波動、熱度和振動，甚至連動靜都沒有。空間裡只充滿壓倒性的寂靜，因此無法看出冥駕的極限，好比從正上方窺探深不見底的洞穴而令人不安。

「你說……要逼姬柊出來是嗎……休想得逞……！」

喉嚨燥渴的古城大吼。

更勝憤怒的恐懼心理讓古城毫無節制地釋放出魔力。他不能讓天使化症狀仍在演進的雪菜和現在的冥駕交手。絕對不行。沒錯，那絕對不行。

冥駕發出的深紅光芒就是如此危險無比的存在。古城靠的既非理論也非直覺，而是身為第四真祖的血之記憶令他得知這一點。

「慢著，曉古城！那傢伙目前——」

那月看古城進入攻擊態勢，神情頓時為之緊繃。然而，古城已經對自己的眷獸下達攻擊指示了。緋色雙角獸射出將大氣凝縮為高密度的凶猛子彈。

「『雙角之深緋』——！」

「——」

冥駕似乎在無言中「呵」地笑了一聲。他舉在頭頂的黑槍瀰漫著深紅光粒，迎面承受古城用眷獸發動的攻擊——由狂風化成的彈雨。

大氣在冥駕眼前如蜃景般搖曳。結果，眷獸這波攻勢引起的變化僅止於此。第四真祖命眷獸發動的攻擊，連冥駕的一根劉海都動不了。

古城愕然地望著那景象。

與其說古城心生動搖，倒不如說他仍無法理解發生了什麼。就算冥駕的黑槍能讓眷獸的魔力失效，應該也沒辦法將已經發射的物理性衝擊波抵銷。

然而，身上仍瀰漫著光粒的冥駕正冷酷地笑著，好似在對驚訝的古城等人表示同情，既溫和又冷漠的笑容。

「這樣就沒了嗎？那麼，換我們這邊出手了——『女教皇』。」

右手持槍的冥駕隨手舉起空著的左掌。被他握在手裡的紅色光粒從子彈大小的正八面體

——變成了具風魔法屬性的光團。

隨後，閃亮的光團無聲無息地朝古城飛來了。

光團化成了名符其實的子彈，全數瞄準古城擊發。射出的子彈共有十幾發。即使憑吸血鬼的反應速度也避不開那樣的速度及數量。

「可惡……迅即到來，『神羊之金剛（Mesarthim Adamas）』！」

古城幾乎是反射性地喚出另一頭眷獸。具備金剛石肉體的英挺巨型大角羊（Bighorn）現身。

環繞眷獸的無數寶石結晶聚集到古城面前，形成堅固的護盾。「神羊之金剛」的真面目，正是任何攻擊都傷害不了的金剛石神羊。將傷害還給傷害己身之人，象徵著吸血鬼不死詛咒的眷獸。可是——

「什麼——！」

古城設下的絕對無瑕防壁在接觸到冥駕那些深紅子彈的瞬間，就像脆弱糖雕一樣無聲無息地碎散了。對方並沒有以壓倒性魔力蓋過眷獸的防禦，古城的魔力也沒有失靈。冥駕的深紅子彈令寶石牆化為烏有，簡直像從最初就不存在那樣。

而且，剩下的子彈都朝著毫無防備的古城殺來了。

從劍弧發出的不可視屏障擋下了那些子彈。

「曉古城，你退下！」

紗矢華以長劍創造出空間斷層，將深紅子彈吞滅了。「煌華麟」的空間斷層不會直接觸及敵方攻擊，因此不受那些子彈的影響。子彈的能力發動條件應該就是要接觸目標物。

「你沒事吧，曉古城？」

紗矢華將劍舉為上段架勢，並且一邊掩護古城一邊問。

「嗯，還好。得救啦，煌坂。謝謝妳。」

安心地鬆了口氣的古城開口道謝。紗矢華大概沒想到他會乖乖答謝，嘴脣吃驚似的要張不張，而且臉紅了。

不過，假如紗矢華沒有出手保護，古城肯定就中了冥駕的攻擊。縱使真祖擁有不死之身，被那種子彈射中也不知道是否能平安無恙。

「可是，那傢伙的力量是怎麼搞的……？我的眷獸居然一瞬間就被他打穿防禦了耶。」

古城瞪著悠然靠近的冥駕嘀咕。既然不明白敵方能力的真面目，他就不能隨便發動攻擊。這樣下去情勢只會被逼得一面倒。

「是『聖殲』。」

那月回答了古城的疑問。

近似昏眩感的空間波動籠罩住古城等人，下個瞬間，他們幾個已經移動到離冥駕約四五十公尺遠的大廈樓頂了。那月是為了逃離冥駕的攻擊，才用空間移轉和他拉開距離。

「『聖殲』……？」

突然的移動還有那月提到的意外字眼，讓古城和紗矢華同時轉頭。

古城他們當然也聽過「聖殲」一詞。不過，他們一直以為那是規模更大的歷史性事件，或者類似於天災的浩劫。

和那相比，絃神冥駕操控的深紅光芒實在太過寧靜，感覺單純只是稀奇的魔法。

然而，那種寧靜而奇妙的能力卻徹底封住了第四真祖眷獸的力量。

「咎神該隱創造了用來弒神的禁忌魔法……那道禁咒曾引發歷史上最慘的大屠殺——『聖殲』一詞的真正意義便是如此。這是我跟曉牙城學來的就是了。」

那月用了像是在克制恐懼的靜靜語氣繼續說明。

「令尊知道這些事情……？」紗矢華驚訝地微微倒抽一口氣。

妳在叫誰啊——古城擺出臭臉。他的父親曉牙城才配不上「令尊」這種敬稱，叫成臭老爸就夠了。然而，牙城好歹擁有考古學者的名號，探究與「聖殲」相關的傳說正是他的專攻項目。

「曉古城，你千萬不要靠近絃神冥駕。憑你的力量也無法勝過他。那傢伙並沒有防禦你的攻擊，而是讓攻擊變得不存在。」

「意思是魔力失效了嗎？像仙都木阿夜的闇誓書那樣……？」

那月認真無比地警告，使古城困惑地反問。

不——那月搖頭。

「錯了。阿夜只是運用闇誓書的力量來仿效『聖殲』。那是她從一開始就抱有矛盾的自我滿足。因為她是用魔力覆寫這個世界，藉此創造出暫時沒有魔力存在的世界。即使用墨水塗掉圖畫，也不代表墨漬底下的圖會就此消失吧？」

「是、是喔……」

古城含糊地點頭附和。用闇誓書改變世界，確實只是靠月相及星座位置創造出的短暫現象。古城等人一度消滅的魔力很快就恢復原狀，結果仙都木阿夜便敗陣了。

「可是，『聖殲』卻會讓整個世界都變樣。好比將圖畫切碎然後燒毀，甚至連美術館都能一起抹消。」

那月面無表情地如此說明。她這些話說得格外淡然，反而令人覺得真實。

「難道說……我和葛蓮妲看過的異境廢墟就是……」

「或許就是被該隱用那種方式摧毀而死滅的世界之一。」

那月對古城嘀咕的內容點頭。遭摧毀的無人廢墟，還有滿布於世界的虛無。古城目睹的異境世界，或許相當於「聖殲」留下的殘渣。無止盡地失控的「聖殲」之力，甚至能抹消整個世界。

「不過，人類掌控得住那種足以讓世界變樣的魔法嗎？」

純粹感到疑惑的古城追問。「聖殲」的能力會讓整個世界變樣，那顯然已經超出個人所能掌控的資訊量。未經過複雜的魔法儀式就任意動用那種攻擊，想來實在不可能。

那月語帶嘆息地點頭。

「當然會掌控不住，所以他們才需要這座名叫絃神島的祭壇還有『該隱巫女』，好用來當成魔力供給源以及魔法的運算裝置——」

她話還沒有說完，絃神冥駕就發動了另一波攻擊。

冥駕操控深紅光粒，在空中製造出尺寸如籃球的正六面體。接著，他將具備土魔法屬性的那塊立方體像砲彈一樣射向古城等人所在的大廈。

砲彈在碰撞後濺出光粒，將整座大樓逐步染成深紅。隨後，古城等人的立足之處突然就脆弱地開始崩解。

大樓建築物在轉眼間化成了鹽塊。巨大高樓迸散出純白鹽粒結晶，轟的一聲坍塌瓦解。

「即使如此，他能使出的力量似乎頂多就這樣了——」

再次透過空間移轉到地上的那月說得彷彿無關己事。

「唔喔！」

「妳說頂多這樣……？這樣已經夠危險了吧……！」

古城摔在堅硬的水泥地上；紗矢華一邊按著裙襬一邊落到他身上。呼吸被堵塞的古城猛咳，那月冷冷地回頭提醒他：

「小心。那傢伙會無視於物理法則和魔法原則對我們發動攻擊。」

「妳叫我們小心，可是那種招式要怎麼防——」

說時遲那時快，古城一抬頭就看見飛來的深紅子彈映入眼簾。冥駕釋出的無數子彈正散發出深紅光粒並且落了下來。

「唔……『煌華麟』——！」

衝出的紗矢華持長劍掃過，布下以擬似空間斷層構成的屏障。剛才已得到證明，那種不可視屏障連冥駕的子彈都能擋住。然而——

「咦！」

飛來的子彈彷彿早料到紗矢華會這麼行動，因而改變了軌道。深紅子彈各自描繪出無視物理法則的不自然弧度，從紗矢華背後侵襲而來。

紗矢華以長劍創造的擬似空間斷層強歸強，卻具有只能朝單方向展開的缺點。她已經朝前方布下屏障，防不了從背後飛來的子彈。

「煌坂！」

晚了一拍起身的古城朝著動彈不得的紗矢華大喊。古城從旁飛撲而來，一把將紗矢華推開保護她。深紅子彈毫不留情地射向古城全身。右腳和側腹，肩膀與背——全身有四處被射穿的古城無措地重重摔倒。

「不會吧！曉古城！」

察覺自己被古城所救的紗矢華發現他滿身是血而尖叫。古城只用勉強能動的左腳支撐全身體重站起來並回話：

「我沒事。只有受到擦傷……這點傷勢……馬上就……」

「白痴！那傢伙的攻擊會讓你的眷獸失效就表示吸血鬼的痊癒能力或許也會失靈啊！」

「好像……是這樣沒錯……」

古城自覺體力正隨著大量滴落的血液一同流出。魔族特有的生命力及痊癒力並沒有見效跡象。被深紅子彈打穿的部位，異能之力盡皆遭到剝奪了。

鹽粒結晶隨大廈倒塌而滿天飛舞，像沙塵一樣覆蓋古城等人的視野。身上籠罩深紅光芒的冥駕從那片沙沙作響的鹽霧彼端現出了身影。

「那麼……你們願意將姬柊雪菜叫來這裡了嗎？」

在手上把玩深紅子彈的冥駕語氣和緩地問。

這句話惹惱紗矢華了。冥駕執著於雪菜的態度觸怒了她。

「哪有可能！憑你要叫雪菜的名字還早十年！」

「別硬拚，煌坂──！」

古城還來不及阻止，紗矢華就舉起長劍砍向冥駕。

冥駕射出深紅子彈，描繪出複雜軌道疾飛的塊狀正八面體。紗矢華引誘那些子彈近身，再趁危急之際用「煌華麟」將其劈落。冥駕對她那堪稱神技的高超武藝露出微笑表示讚嘆。

「擬似空間斷層嗎……不愧是舞威媛，好身手。但是，妳靠得太近了──」

「咦……？」

逼近冥駕的紗矢華身子一個不穩，態勢突然大亂。她渾身失去力氣，搖搖晃晃地當場癱倒。即使如此，紗矢華仍拚命想起身，卻東晃西晃地沒辦法站穩。她的三半規管遭到擾亂，連眼睛都沒有對焦。

「難道……你在空氣中下毒……」

紗矢華痛苦地發出呻吟。圍繞著冥駕的深紅粒子是可以隨意讓世界變樣的「聖殲」光芒。既然那種力量能讓高樓大廈變成鹽柱，要將大氣變成毒氣應該也輕而易舉。

「姬柊雪菜聽見妳的慘叫，是不是就會現身了呢……？」

冥駕低頭看著雙膝跪地的紗矢華，並且隨手用黑槍指向她。奇形長槍瞄準了紗矢華的右肩。他大概不想讓紗矢華一槍斃命，而是要奪去她四肢的自由，好讓痛苦拖得更久。

「唔！」

儘管紗矢華的表情因恐懼而緊繃，她還是勇敢地瞪著冥駕。

「絃神冥駕！你這傢伙……！」

古城拖著受傷的身體起身，準備要衝上去揍人。渾厚的填彈聲「磅」地在他身後響起。

『男友大人，快趴下是也！』

麗迪安用變聲器裝出的粗嗓門傳來。她的有腳戰車解除咒術迷彩現出蹤跡，還將車上搭載的武器同時開放。

腿部的大口徑對人機槍和背部的小型飛彈；震撼彈（Stun Grenade）與無線電擊槍（Taser）；從主砲發射的則是用於鎮壓暴徒的橡膠散彈。即使靠冥駕的黑槍也無法攔截這些實體武器的攻擊。

冥駕操控深紅光粒在自己周圍布下屏障。呈正十二面體的屏障擋下了麗迪安的砲擊。

「用來對付魔族的有腳戰車……原來如此。你們以為靠不具魔力的物理性攻擊，就能和改變世界樣貌的『聖殲』對抗嗎？白費力氣——」

冥駕藐視地嘀咕。麗迪安持續不停地發砲，卻無法傷到他。砲彈受深紅屏障攔阻，全部都被彈開了。

布下正十二面體屏障的冥駕又製造了另一批子彈。大小接近手榴彈的正六面體子彈。那種子彈曾將大廈變成鹽柱，應該也能輕易讓麗迪安的戰車裝甲失能。然而，子彈尚未發射，尖銳聲響就劃過大氣。

「不。倒也不至於白費——」

「什麼！」

長達數十公尺的黃金鎖鏈隨著轟然巨響掃向了冥駕的屏障。那月背後出現巨大騎士的幻象，將黃金鎖鏈像長鞭一樣揮舞著。那是和那月訂下契約的惡魔眷屬——「空隙魔女」的守護者。

冥駕正在承受麗迪安齊射的砲火，躲不開那月的攻擊。來自意外方向的衝擊將他連同屏障一起震飛。

「煌坂，妳沒事吧？」

古城趁機救起倒地的紗矢華。刺鼻的強烈異味瀰漫在紗矢華四周。冥駕製造的毒氣還沒有完全散去。

「麗迪安，煌坂拜託妳照顧！」

『了解！』

麗迪安用輔助臂（Sub Arm）捧起動不了的紗矢華，並且讓戰車後退。由於持續齊射，有腳戰車消耗的彈藥相當可觀。她應該是判斷要繼續作戰有困難吧。

『男友大人呢——？』

「我不必。我要去支援那月美眉，妳們先躲到安全的地方！」

古城對麗迪安留下這句話，又腳步蹣跚地離去。

那月仍在發動攻擊，攻守方的局勢卻已經逆轉。即使她祭出魔具「咒縛之鎖（Drómi）」，其威力還是打不破冥駕的屏障。現狀反而是那月勉強靠空間跳躍閃躲冥駕射出的深紅子彈。

即使如此，那月的臉色還有餘裕。

「曉古城，下面。」

那月用了某種魔法直接對古城耳語。

「下面……？」

古城困惑地看向自己腳下。眼前是毫不起眼的水泥地，基石之門第三階層的戶外廣場。位於底下的是無人停車場和資材倉庫，還有——

「我懂了！迅即到來，『甲殼之銀霧（Natra Cinereus）』！」

古城搜括僅剩的魔力，召喚出另一頭眷獸。被銀色濃霧包裹，近似幻影的甲殼獸。它用巨大的前肢捶向廣場，將水泥地變成霧氣。

地面名符其實地雲消霧散後，古城的軀體掉到地下。他在底下看見了被金屬牆區隔開來的地下空洞。基石之門第零層。在那海水滿盈的空間裡有之前並未出現的東西漂浮著。

由群青色金屬殼包裹的流線型艦艇。名為「咎神之棺」的潛水艇。

「這就是妳的目標嗎？『空隙魔女』……最棘手的敵人果然是妳！」

冥駕一邊灑落深紅光芒，一邊追著古城縱入地下。

只要古城他們搶回被軟禁在潛水艇的淺蔥，冥駕就會喪失「聖殲」之力。他肯定是怕局面將變得對自己不利才採取行動。淺蔥果然是被軟禁在「棺材」當中。

「這玩意就是『咎神之棺』……入口在哪邊——？是那裡嗎——！」

古城跳上潛水艇的船身，拔腿就朝艙門衝。那月看見這一幕，警覺地露出嚴肅臉色說：

「慢著，曉古城！別隨便靠近——！」

「咦……？」

接觸到潛水艇艙門的古城身邊突然被深紅光芒包圍了。貫穿全身的劇痛使他發出潰不成聲的慘叫。正四面體的牢籠將古城的身軀困住。具備炎屬性的立方體化為熾熱監獄，正在折磨古城。絃神冥駕看穿古城會有的舉動，事先在這裡設了陷阱。

「可惡——！迅即到來，『龍蛇之水銀(Al Meissa Mercury)』！」

儘管呼吸會造成劇痛，古城仍召喚出眷獸。第四真祖的第三眷獸——有著水銀色鱗片的雙頭龍具備剷除空間的能力。他打算用那種能力摧毀冥駕的陷阱。

不過，即使祭出身為次元吞噬者(Dimension Eater)的眷獸，其下顎還是無法咬碎呈正四面體的火炎牢籠。深紅光粒逆流而來，反倒讓古城的眷獸受了傷害。

「可……惡……！」

古城力竭似的當場倒下。他的魔力不夠喚出其他眷獸。冥駕攻擊造成的傷害太大了。

「先解決一人──」

冥駕朝著行動被封鎖的古城發射新的子彈──具炎屬性的正四面體子彈，近二十發同時齊射，要將火炎牢籠連同古城一起擊穿──

「──『雪霞狼』！」

從上空飛縱而至的嬌小少女將那些子彈全數劈落。

接著她振臂一揮，眩目的銀光閃過。

3

能斬除萬般結界的破魔長槍粉碎了困住古城的火炎牢籠。隨後，她手持銀槍無聲無息地落在古城身邊。

冥駕發射的深紅子彈被銀槍所阻，沒有觸及古城的身軀。因為神格振動波的光輝將改變世界的「聖殲」之力抵銷了。

「你沒事吧，學長？」

古城張口結舌地望著探頭關心他的雪菜。驚訝和混亂使他說不出話。他猛咳好幾聲以後，才總算發出沙啞的聲音。

「姬柊！妳怎麼會來——？」

雪菜知道自己再這樣繼續使用「雪霞狼」，自己就會消失嗎？

緣堂緣為什麼沒有阻止她——？

古城懷著的這些疑問被突如其來的哄笑聲蓋過了。

「哈哈……哈哈哈哈哈哈哈！沒想到妳會主動現身……我要向妳道謝，姬柊雪菜。多虧妳，我省事不少了……咯咯！」

冥駕露出瘋狂的笑容並高喊，和平時冷靜的他判若兩人。雪菜將銀槍指向他，好似要反抗那充滿殺氣的目光。

「姬柊，妳要小心一點。這傢伙的攻擊會改變世界本身的法則，或許連妳的槍也抵擋不了……！」

「……好的。我明白。」

雪菜緩緩地對苦苦提醒的古城點頭。她回頭對古城露出一瞬間的微笑，然後像拋開某種顧慮似的閉上眼睛。

「即使如此——！」

雪菜全身染上青白色光輝，半空中冒出了和雪霞狼表面同樣的複雜魔術圖案。那圖案變得像翅膀一樣，並且逐漸從雪菜背後張開。

「姬柊……！」

雪菜灑落的龐大靈力導致古城的皮膚陣陣發燙。他認得那種感覺。以往和變成模造天使的叶瀨夏音交手時，他就受過那種由高密度神氣造成的傷害。

「她的神氣……果然是這麼回事……！」

笑個不停的冥駕眼中蘊含著帶有陰沉恨意的凶光。他在周圍製造了數不盡的深紅子彈，所有子彈同時射出，並從四面八方撲向雪菜。

「我不認同……妳不配踏進冬佳的領域……都是因為『雪霞狼』的新任繼承者，冬佳才會在受利用後被拋棄——我不會認同那種事！」

「唔……！」

蜂擁而來的深紅子彈逐漸侵蝕了雪菜的翅膀。冥駕操控的「聖殲」是創造用來弒神的禁咒，縱使是完美的模造天使也擋不住那種攻擊。雪菜之所以能勉強撐住，是因為冥駕的力量仍未發揮完全。

「南宮老師！趁現在救藍羽學姊——！」

雪菜一邊拚命承受冥駕的攻勢，一邊對那月吶喊。

「劍巫，妳別指揮我。」

全是些恣意妄為的傢伙——那月不悅地如此嘟噥並降落在古城身邊。

冥駕設在潛水艇艙門的陷阱已經被雪菜解除了。因為「棺材」內部的結界仍有作用，那月無法靠空間移轉入侵，但應該還是可以打開艙門進入其中。

那月卻微微皺眉，緊握著折起的扇子按兵不動。

她所注視的那片黑暗中浮現了幽幽發亮的奇妙人影。「聖殲」的光粒聚集以後，不久就變成少女的身影。全身上下都有彷彿遭到分屍過的傷痕，既醜陋又美麗的少女。

「休想……！」

如亡靈般發亮的半透明少女朝那月灑下彈雨。那些和冥駕操控的一樣，都是用「聖殲」光芒製造的子彈。

「什麼……這傢伙是誰……！」

那月無法徹底閃避少女貼身發動的攻擊。她在近距離內淋到彈雨，嬌小的身軀因而震飛。扇子的碎片四散飄落，豪華禮服的稀爛衣角飛舞於半空。

「那月美眉——！」

古城望著被擊倒的那月大叫。

哈哈——紘神冥駕開心地叫好。

「感謝妳了，『女教皇』——」

冥駕對亡靈般的少女表示讚許，並將黑槍一揮。槍尖發散出零式突擊降魔雙槍用來讓靈力失效的黑暗薄膜。

「啊——」

雪菜的翅膀被黑暗薄膜斬斷，進而消失無蹤。深紅彈雨隨即灑落紛飛。雪菜雖用「雪霞狼」迎擊，子彈的數量卻太多。失去神氣庇護的她在攻勢上逐漸屈居於冥駕之下。

「可惡！迅即到來，水精之（Sadalmelik）——」

心急的古城打算另外召喚新眷獸。冥駕迅速對此採取了反應。

「礙事！」

冥駕瞄準在召喚前毫無防備的古城，並對他發射深紅子彈。可剝奪異能力量的正八面體子彈精確地貫穿古城的左肩及腹部。

「學長——！」

古城濺血倒下的模樣造成雪菜一瞬間分神。這成了致命的破綻。冥駕以黑暗薄膜斬斷她釋出的神氣，並且持黑槍直搗而來。

「結束了，姬柊雪菜！」

靈力遭抵銷的雪菜對抗不了冥駕身為殭屍鬼的力量。「雪霞狼」被冥駕以黑槍彈飛，雪

菜防禦盡破，黑槍的另一端槍尖逼近她毫無防備的喉嚨。隨後──

「不，還沒結束──」

瞬時間，聲音從世上消失了。彷彿時間停止的短暫寂靜。

強烈雜音緊隨而至，雪白的寂靜被打破。下個瞬間，冥駕的身軀就像被外力震飛一樣彈到後面。發生在短瞬的事情連擁有未來視能力的雪菜都無法看清。原本對雪菜展開攻擊的冥駕身上不知不覺間已經中了九發槍彈。

「絕對先制攻擊權……！」

冥駕受了換成常人肯定會當場斃命的傷勢，卻還是緩緩起身。從他口中冒出的是混濁鮮血與音調低沉的詛咒字句。

「原來妳活著啊，『寂靜破除者』……！」

深紅光粒從冥駕全身噴湧而出。他氣急敗壞地將數量多到之前無從比較的光彈灑向四周。他打算用隨機攻擊將看不見蹤影的「寂靜破除者」逼出來。

火焰風暴滿布於第零層的潛水艇基地，四分五裂的金屬牆碎片變成利刃席捲周遭，可是沒有打倒敵人的手感傳來。

「被他們逃了嗎？」

等爆炸的煙塵平息以後，冥駕靜靜地嘆氣。

身負重傷的曉古城，還有姬柊雪菜都已不見人影。大概是南宮那月幹的好事。她趁著冥駕分神在「寂靜破除者」的空檔，用空間移轉帶他們逃了。

「費事歸費事，不過也好。該消滅的對手多了一個——」

冥駕說完便看向頭頂。隔著目前仍未完全消失的煙塵，有巨大建築物的形影屹立在後。

渾身是傷的少女浮現在冥駕背後，並且張口笑了。

只有被復仇意念占據心思的人才會有那種陰沉扭曲的笑容。

4

被粗魯地扔在堅硬地面上的古城發出短短慘叫。

運河河畔的小公園。對岸可見基石之門正冒出黑煙。從周圍景色看來，這裡恐怕是人工島北區的南岸，和基石之門的直線距離約為兩公里。

「看來你勉強保住了一命對吧，曉古城？」

那月高傲地俯望仰身倒地的古城。在冥駕發動隨機攻擊以前，將古城帶離現場的果然就是她。

「嗯，勉強還活著。」

古城虛弱地嘀咕，然後緩緩地撐起滿是血跡的身體。被冥駕用子彈射穿的傷勢遠比想像中更深，而且即使靠吸血鬼的痊癒能力，康復速度也異常緩慢。吸血鬼的能力果然受到「聖殲」之力妨礙了。

目前古城仍靠著第四真祖的過人魔力硬是對抗「聖殲」的效力，但要是再繼續被那種子彈打中，他也不知道還能支撐多久。聲稱連神都能殺的禁忌魔法似乎未必是誇大其辭。

「姬柊也沒事嗎？」

古城將視線繞了一圈，然後仰望正扶著他的雪菜。雪菜看上去並沒有外傷，不過即使是旁人也看得出她耗力甚鉅。肯定是和冥駕交手時動用神氣的影響。可是她掩飾著這些，露出堅強的微笑說：

「是的，我不要緊。不過在最後救了我們的——」

「八成……是『寂靜破除者』吧。是她的話，我想應該能自力脫逃……」

那月代替古城回話。或許是出於心理作用，她的語氣聽起來比平時軟弱，感覺像在吐露自己沒有餘力救閑古詠的心聲。

直到這時候，古城才總算想起那月受傷的事。

「那月美眉……妳的傷……」

「沒問題。反正這副身軀只是虛假的容器。」

那月說完便緩緩搖頭。某方面來說，她的傷勢比古城更重。儘管並沒有明顯出血，禮服裂痕底下露出的肌膚仍有多處穿孔，左手臂也無力地垂著。那是被亡靈般渾身是傷的少女擊中的傷。

「不過，我這樣實在使不出全力。讓『亞伯巫女』擺了一道。」

那月不悅地撇嘴，並且用生硬的動作按著左臂。

那月真正的肉體藏在她夢中名為監獄結界的異世界，目前仍持續沉睡著。她在現實世界中的身體是用魔力操控的分身——也就是人偶。

雖說是魔力創造出來的分身，一旦遭到破壞，那月在現實世界就無法行動。分身所受的傷害至少已讓她喪失戰鬥能力。就算厲害如她，在目前的狀態下要面對面和冥駕等人交手也會有困難才是。

話雖如此，也不能責怪那月。

因為那個亡靈般的少女突然出現，完完全全是無法預測的事情。

「亞伯巫女……是指那個像幽靈一樣的女生嗎？」

古城疑惑地追問，使得那月「哈」地冷冷笑出一聲。

「幽靈這詞用得妙。那女的是以往『聖殲』的倖存者。她的真身早在以前就死了，要稱為倖存者也有語病就是了。」

「代表……她是殘留意念嗎？」

雪菜訝異地瞇眼。那月微微點頭。

「精確來說，她是融入了殘留意念的屍體。之前有接獲屍體被盜運至絃神島的報告，攻魔局一直都在追查下落，結果原來是扣在絃神冥駕背後替他撐腰的那些人手裡。」

「那麼，目前操控『聖殲』的——」

「嗯。並非藍羽淺蔥，而是那個女的。假如由身為正牌『該隱巫女』的藍羽負責運算，『聖殲』大概就不會只有這種規模了。」

那月低頭看著自己受創的軀體，自嘲似的笑了。

「即使只有這種規模，我也覺得夠棘手了啦。」

古城托著腮幫子發出嘆息。冥駕操控「聖殲」令世界變樣的異能，以個人之力來說具有將近荒謬的威力。能將建築物變成鹽柱，並且讓世界最強吸血鬼的眷獸失效——確實是配得上禁咒之名的怪誕魔法。

然而要是那月所說的屬實，代表原本的「聖殲」擁有遠比現在更為龐大的影響力。倘若如此，那難保不是足以毀滅這座絃神島——甚至全世界的恐怖能力。在「聖殲」面前，感覺連古城過去遭遇的古代兵器（納拉克維勒）或「賢者靈血（Wiseman's Blood）」都成了唬小孩的把戲。

「過去曾被『聖殲』殃及而喪命的那個女人，對於令世界變樣的異能有強大抵抗力。那類似於對傳染病的免疫力。儘管她並非正牌的『該隱巫女』，卻勉強能操控『聖殲』，理由就是在此。」

「因此……她才被稱為『亞伯巫女』嗎？」

古城對那月淡然的說明發出焦躁之語。

「結果『聖殲』到底是什麼？我不曉得是絃神千羅還是別人搞的，不過他們為什麼會想重現那種鬼東西？」

「要是你想了解『聖殲』，不如向專家請教吧？」

被古城瞪著追問的那月使壞似的瞇起一邊眼睛笑了。

她不知道從哪裡變出了疑似攻魔局公發品的樸素手機，然後捲動通訊錄名單，撥了上頭叫出的號碼。

「專家？」

哪個專家？古城偏頭看了雪菜的臉。雪菜也傷腦筋地搖搖頭。

當古城還在東想西想時，那月的通話對象似乎接電話了。她變得更加面無表情。

「是我，盜掘者。」

那月用不理不睬的語氣說完以後，就把電話切換成擴音。

從手機喇叭傳出了亂響亮的男性嗓音。那是古城熟知的聲音。

『啊？什麼嘛，原來是老師美眉啊。不好意思，凪沙現在來探病了。要是我跟老婆以外的女人處得太好，她又要好一陣子不跟我講話了。我掛電話嘍。』

古城的父親——曉牙城一如往常地用令人狐疑的口氣說個不停。

為什麼那月會認識牙城？古城真的糊塗了。意外聽到凪沙現在平安，倒不是不能當成唯一的收穫。基石之門發生騷動的消息，目前似乎還沒有傳到牙城他們那裡。

「我完全沒有要和你處得好的打算，只是有問題才打電話給你。」

那月全然無視於困惑的古城，又繼續和牙城交談。

『啥問題？』

毫不掩飾自己心情不爽的牙城回答。面對「空隙魔女」南宮那月，態度那麼狂妄不會出問題嗎？古城難得認真地為父親擔心。

「『聖殲』是怎麼回事？為了什麼目的才引發的？」

那月當著心驚膽跳的古城面前提問。

唉——牙城露骨地嘆氣。

『什麼嘛，要聊那個啊。我還以為妳要問我喜歡的女性類型。』

「少說鬼話。快回答。」

被那月隔著電話威嚇的牙城那邊傳來聳肩的動靜。

接著，他突然換了口氣。古城好像從未聽過這樣正經的嗓音。

『——要提起口耳相傳下來的故事，雖然內容聽起來像子虛烏有，其實還滿能反映出當時的歷史背景。比如在英雄打退龍的傳說背後，就隱藏著國王藉治水大業防止河川氾濫的史實；得到聖劍的傳說，則暗喻了製鐵技術的普及。』

「…………」

那月似乎多少已經預料到牙城會如此說明。她默默地點了一次頭，然後立刻追問：

「那麼在『聖殲』的傳說中——咎神該隱暗喻了什麼？」

『那還用說。就是人類對魔族展開大屠殺啊。』

「人類曾經屠殺魔族？」

那月用平靜的聲音復述。牙城則隨口「哈」地笑了出來。

『哎，就是這樣。雖然說，當時他們應該不是被稱為魔族。』

「不然要如何稱呼？」

『「天部」——也可稱作古代超人類，或者——「神」。』

「稱之為神啊……」

那月靜靜地嘀咕。

古城和雪菜則屏息聽著那月他們的對話。

古城他們也知道有名為古代超人類的種族存在這件事。創造出納拉克維勒與眾多古代兵器，將第十二號「焰光夜伯」——奧蘿菈封印在遺跡裡的也是那群人。而且他們也實際和自稱「天部」後裔的魔導罪犯交手過。

然而，古代超人類和魔族是同樣的存在——古城初次耳聞這件事，有些難以置信。

「你想說，魔族在過去其實是神？」

那月看似愉快地追問。牙城則懶散地哼聲回答：

『打贏戰爭以後，將吃了敗仗被征服的國家所信仰的神貶低為惡魔或怪物，不是世界各地的支配者都在用的常套手法嗎？』

「這種說法並不能受到人類歡迎呢。」

『當然啦，學會哪有可能認同這種學說。所以剛才提到的那些，妳要全部當成是我的妄想也無所謂。』

「無妨。繼續說。」

那月催促牙城把話說下去。老師美眉真好學耶——牙城笑了。

『……假設曾有名為該隱的人物或種族存在，那傢伙在過去同樣是神的一分子。不過八成是因為某種理由，才使祂遭到這個世界放逐。』

根據我的經驗判斷，八成是和錢或女人有關的爭執吧——牙城語氣認真地說。

『於是該隱在被放逐到另一個世界以後，就遇見了人類。祂好歹是神的一分子，要讓無力的人類信服應該算小事一件。得到眾人崇拜的該隱變成了真正的神。妳覺得成為異境支配者的祂接下來會追求什麼？』

「回到這個世界——然後報復放逐祂的眾神。」

那月毫不猶豫地立刻回答。

『答對了。然而光靠該隱是勝不過眾神的。話雖如此，人類要對付眾神又太過弱小。因此，該隱就給了人類對付眾神所需的知識及道具，其中一項是魔法，至於另一項——』

「——就是『聖殲』的魔具嗎？」

『不愧是老師美眉，理解得真快。』

牙城由衷佩服地說。

『所以嘍，雖然該隱的兵員充足了，眾神的力量卻過於強大。要是老老實實地作戰，人類根本沒勝算。因此該隱就想到了——人類殺不了神。假如這個世界的道理是如此定好的，那將道理改變就行了。』

「為此祂才創造了『聖殲』是吧。」

哼——那月嗤之以鼻，讓人感覺到有些焦躁的冷笑。

『沒錯。該隱靠著能讓世界變樣的終極禁咒，令眾神的存在變質了。祂將眾神變成了魔族。人類無法殺神，但如果是對付魔族，事情就另當別論。』

「結果便引發了大屠殺嗎？」

『我有說過吧。這全都是我的妄想。畢竟人類才是侵略者這種話，根本沒有人願意認同。何況也沒有證據顯示過去被稱為神的那群人就是善類。要說現在的魔族就是古代超人類淪落到最後的模樣，他們應該也無法接受吧。』

牙城用戲謔的口氣答話。那月意外地並沒有反駁。

「假如你剛才說的屬實，那該隱確實就是原初的罪人，也是魔族之祖。」

那月露出交雜著同情與灰心的複雜臉色，悄悄地喃喃自語。

對啊——牙城隨口附和。

結果，古城硬是在大人間的這段談話中插嘴了。那月拿的手機幾乎等於是被古城搶走的，他還向牙城追究。

「等一下，我了解『聖殲』最初引發的理由了。可是，為什麼到現在還有人想要讓那種玩意復活？屠殺早就沒必要了吧！」

『啥？怎麼啦？』

古城突然闖進通話中發問，使得牙城困擾似的應聲。

『理由怎樣都好吧，你這傢伙問的事情真無趣耶。想得到「聖殲」力量的人在世上多得是。只要沒有魔族，他們就能盡情取用夜之帝國的資源。就算不實際發動戰爭，光是握有那麼強大的武器，要談判就會變得有利。』

唔——古城語塞了。儘管他不甘心，但牙城說的是事實。

「要怎麼做才能阻止『聖殲』？」

『啊？』

「有方法可以讓發動後的『聖殲』停住吧，否則就不合道理。畢竟魔族既沒有滅絕，也沒有被人類支配啊。滅亡的是該隱！」

『我不曉得你是哪裡冒出來的傻蛋，可是你問的問題特別沒營養耶。』

真想看看你父母是什麼德性——牙城如此嘀咕，古城則心裡感到五味雜陳。

『該隱滅亡的理由，當然就是因為祂被宰啦。』

「祂被殺了……？」

古城愕然嘀咕，牙城則用看透一切的口氣愉快地斷言。

『為了殺掉該隱這個唯一不受「聖殲」影響而存活下來的神，以往被稱為「天部」的那群人創造了用來弒神的兵器。那傢伙將該隱消滅，讓「聖殲」就此終結。有這種能耐的正是世界最強的「人工」吸血鬼——人稱第四真祖還什麼來著的蠢蛋。』

5

古城握著那月的手機，默默地愣住了一會兒。腦袋變得一片空白的他什麼都無法思考。

牙城說的話實在太過離奇，讓人難以接納。

有陣口氣像時代劇的說話聲傳到了這樣的古城耳邊。

「男友大人！你無恙乎！」

紅色有腳戰車使勁撥開公園的樹叢過來了。麗迪安打開長得像甲殼的駕駛艙探頭。

「哎呀，這種氣氛是出了何事乎？」

麗迪安發現古城六神無主，便納悶地問他。

古城粗魯地擰了自己的臉頰振作精神說：

「沒有啦……哎，妳別在意。重要的是煌坂還好嗎？」

「你是問舞威媛大人啊……那個……在下不曉得這樣到底算不算還好……」

「咦？」

停住的有腳戰車當著不安地皺眉的古城面前趴下了。煌坂紗矢華從戰車背上連滾帶摔地跳了下來。

她用沒有對焦的迷茫眼神看向古城，然後毫無戒心地輕輕一笑。

「啊～～……曉古城……！」

紗矢華帶著亂嫵媚的表情說完以後，就朝古城投懷送抱。她那完全出乎意料的舉動，使得古城整個人都愣住了。

「煌、煌坂……？」

「哎唷，你丟下我一個人去哪裡了嘛！我好擔心耶！雪菜說不定就要消失了，假如連你也不見，我……我……嗚……嗚嗚……」

紗矢華一邊用軟拳捶起古城的胸膛，一邊哭哭啼啼地開始抽泣。獅子王機關的舞威媛露出這副德性，讓那月鄙視地對她投以白眼，雪菜則始終說不出話。

仔細一看，紗矢華的臉上微微泛紅，而且全身酥軟地黏著古城。她全身上下都散發著水果熟透般的甘美芬芳。

唔——古城察覺那股香味的真面目，就憋住呼吸說：

「……妳身上都是酒味耶……怎麼搞的啊？」

「此乃絃神冥駕做的好事是也。那男的似乎改變了大氣的結構，創造出乙醇酒精——」

麗迪安語帶嘆息地緩緩搖頭。

「酒精？原來那不是毒氣啊……」

古城回想起冥駕擊退紗矢華之際所採取的行動，一臉生厭地捂了眼睛。冷靜一想，冥駕當時是跟紗矢華貼身用兵器互砍。在那種狀況下，他根本不可能將身邊的大氣轉換成致命性毒氣。就算冥駕是不死身的殭屍鬼，那樣做的風險也實在太高了。

「酒精亦為攝取過度就會致人於死的毒物是也。總而言之，舞威媛大人從剛才就一直是這副德性。」

語氣亂懂事的麗迪安看似疲倦地告訴古城。在這段期間，紗矢華又纏住了待在古城旁邊的雪菜，還用自己的臉頰磨蹭她的胸口。

「雪菜～～……」

「紗、紗矢華？」

「討厭……雪菜，妳不要消失。別丟下我啦～～……」

「紗、紗矢華，請妳冷靜點……欸，等、等一下！妳在摸哪裡……？」

雪菜總不能把人推開，只好百般困擾地替她輕撫背部。紗矢華在這段期間又趁機對雪菜揉胸摟腰，極盡性騷擾之能事。

古城一臉傻眼地看著那景象問：

「那月美眉，她變成這樣，能不能想點辦法？」

「別管她。反正就算用魔法硬把她弄醒，宿醉的人也無法成為戰力。重要的是戰車手

——妳的戰車還能用吧？」

「師長大人？您有何打算是也？」

麗迪安望著冷靜詢問的那月，眨了眨眼睛。

「管控絃神島的超級電腦總共有五台。假如能將其中一部分切離網路，絃神冥駕的力量應該就會跟著被削弱。因為那傢伙借了絃神島本身的力量來操控『聖殲』。」

「嗯……或許值得一試是也。憑在下一人要入侵五大主電腦是有困難，不過要是可以借助女帝大人之力，或許行得通……然而，為此就需要管道和『棺材』中的女帝大人取得聯繫是也。」

麗迪安用了與年紀相符的純真語氣說明。

絃神冥駕操控的深紅子彈，每一顆都是獨立的強力魔法陣。要施展那樣的魔法，會需要超越人類極限的龐大運算能力。

冥駕則用了絃神島上名為五大主電腦的中心運算裝置來代勞。換句話說，五大主電腦的性能下滑，就會導致「聖殲」變弱。

「沒問題。絃神冥駕會啟動『聖殲』及『亞伯巫女』的存在，應該都是幕後黑手在原本計畫裡沒算到的狀況。當中有隙可乘。這種程度的玄機基本上絃神冥駕大概也心知肚明。」

「了解。在下會盡棉薄之力是也。」

一口答應的麗迪安重新啟動有腳戰車。那月則輕靈地爬到戰車上頭。

「那月美眉，我們該怎麼做？」

古城拖著受傷的腳站起來發問。那月朝他瞥了一眼，然後就轉身甩了黑色長髮，俐落地用迴旋踢踹在古城臉上。

受傷的古城承受不了衝擊，慘兮兮地被踢飛仰臥在地上。

「唔啊……！喂，妳怎麼突然踹我……！」

「姬柊雪菜，妳帶著那個沒死透的還有醉鬼一起離開島上。這個時間應該搭得到開往本島的高速艇。」

「……離開島上？老師是要我們逃嗎？」

那月單方面下令，使得雪菜訝異地反問。嬌小魔女眼裡不帶感情，俯視倒地的古城說：

「妳有聽見剛才那通電話吧？萬一『聖殲』完整啟動，有可能阻止的就只剩這個傻瓜了。妳要盡力保護他。」

「等一下，那月美眉！我還能戰鬥——」

「『戰車手』，我們走。」

「男友大人，祝你武運昌隆。後會有期是也！」

「那月美眉！麗迪安！」

載著那月的戰車無視於拚命想站起來的古城開走了。完全被拋下的古城跪在地上，眼睜睜地看著她們遠去。

「哭什麼啦，曉古城！憑你也配！」

醉鬼模式的紗矢華出掌拍了跪著的古城的背。被冥駕射穿的傷口痛得讓他忍不住泛淚。

「囉嗦，我才沒哭——欸，妳那是什麼模樣！」

「紗、紗矢華？」

「咦？」

紗矢華在古城和雪菜慌成一團時，用可愛的姿勢微微偏頭。不知不覺中已經脫掉制服背心的她，襯衫領口開了一大片。

每當紗矢華身體搖搖晃晃站不穩，她的乳溝自然不用說，連內衣的荷葉邊都會闖進古城的眼簾。她的肌膚更因為酒醉染成了淡粉紅色，香汗淋漓很是煽情。

「誰教這座島好熱，不是嗎？」

「那是因為妳喝醉酒吧！」

古城對語氣純真地反問的紗矢華吼了回去。紗矢華鬧脾氣般嘛嘴，還自暴自棄地摸向制服的鈕子說：

「反正給你看也沒關係，都已經被你看過好幾次了。你還脫過我的胸罩——」

「學長……」

「錯了。當時脫妳衣服的不是我——！」

古城被雪菜用冷冷目光看待而猛搖頭。在紗矢華排斥下硬脫她衣服是仙都木優麻做的好事。雖然古城也在現場把過程看得一清二楚就是了。

「就是嘛……看了我的胸部也沒什麼好開心的。我又沒有雪菜那麼可愛，也不像雪菜那樣適合穿可愛的內衣——」

將襯衫前排鈕子全解開的紗矢華突然喪氣地抱著雙腿縮成一團。情緒變化劇烈是醉鬼特有的毛病。

「才沒有那種事。妳很可愛的！對不對，學長？」

雪菜不忍心看紗矢華沮喪，拚命想鼓勵她。

「啊～～……我也覺得煌坂很可愛。畢竟她只要不講話就是美女，胸部又大……」

雖然現在可不是談這些的時候——古城一邊心想一邊隨口敷衍。

紗矢華含淚仰望古城問：

「真的嗎？你真的這麼覺得？」

「哎，對啦。」

「那你也肯吸我的血嗎？」

「咦……？」

紗矢華的發言太沒有條理，反應不來的古城沉默了。誰教你——紗矢華挺出下巴。

「誰教你……是為了挺身保護我……才會受傷……假如你因為這樣而死了，我不知道自己該怎麼辦耶……」

「難道……妳從剛才就是為了說這個……？」

古城將倒進他懷裡的紗矢華摟住，並且愕然嘀咕。

紗矢華一會兒親暱地對他投懷送抱，一會兒突然脫衣服——就算是因為酒醉，古城仍始終覺得那不像她會有的舉動。可是，假如她是為了讓古城吸血就說得通了。

紗矢華身為強大靈媒，其血液對古城有促使吸血鬼能力覺醒的效果。然而要激發吸血衝動，誘因在於一般所謂的性亢奮。紗矢華是為了激起古城的吸血衝動，才打算誘惑他的。由於紗矢華平時總是另一種態度，她那種笨拙的舉動讓古城覺得格外可愛。

而紗矢華仍依偎著古城，毫不抵抗地閉著眼睛。

她纖瘦的肩膀正緩緩起伏，規律的鼾聲傳出——

「——欸，妳睡著了喔？」

古城望著紗矢華細細的頸子，忍不住放聲大叫。她爛醉外加哭累了，已完全進入夢鄉。

「假如紗矢華沒有睡著，學長又打算對她做什麼呢？」

雪菜冷冷地看著垂頭喪氣的古城問。

古城頓時肩膀打顫，害怕似的搖頭說：

「沒、沒有啦……那個……」

「受不了……學長真是個下流的人耶……」

雪菜深深地吐氣。不過與其說她是氣到傻眼，倒不如說那是交雜著苦笑與信任的溫柔嘆息。接著，她把手伸向擱在旁邊的銀色長槍，用槍尖對準自己的頸根。

「姬柊！啥，怎麼連妳都突然吃錯藥了——！」

銀槍輕撫般觸及雪菜的頸根，使她白皙的肌膚冒出血珠。古城的目光被那模樣吸住了。

「因為這是紗矢華的份。」

雪菜把手伸到制服胸口。她靈巧解開緞帶，然後動作生硬地解開制服的鈕子。隆起的細細鎖骨、微微突出的酥胸，還有纖瘦的側腹逐漸裸露在外。

「學長要跟南宮老師一起去救藍羽學姊，對吧？既然如此，至少要讓力量恢復才行。」

「可是姬柊……妳……」

古城擠出聲音。目前雪菜的身體狀況離健康相當遙遠。急遽演進的天使化症狀，對她的身體造成了嚴重負擔。可以感覺到雪菜光像這樣普通地講話就非常勉強了，古城不認為她能夠承受吸血這項行為的負擔。

「沒關係。因為這說不定是我最後一次提供血給學長了。」

這麼說的雪菜卻露出了迷人微笑。她一邊用雙臂遮著只剩內衣的胸口，一邊亮出細細頸根。即使在應該已經看慣她的古城眼裡，都覺得這副模樣有種神聖感。耀眼得無法直視，卻不可能別開視線。

「呃……我和紗矢華比起來比較嬌小，要是學長一直盯著看，我會不好意思……」

目光低垂的雪菜無助地向屏息盯著她看的古城抗議。

古城硬是將她瘦弱的身軀摟進懷裡。

「學、學長……？」

雪菜一瞬間害怕似的目光閃爍。古城仍不放開她。

「不可以，姬柊。」

「咦？」

「妳不准消失！妳別說自己就算消失也沒關係……！如果妳不在，煌坂、叶瀨、凪沙還有我都會難過……！妳直到最後都不能放棄，這也是為了珍惜妳的所有人……！」

可是——好似快要哭出來的雪菜聲音顫抖。

「那樣的話，我就不能留在學長身邊了……！要是我不能當劍巫……！」

「妳留下來就行了啊！」

古城強而有力地否定雪菜軟弱的反駁。

「就算妳不是獅子王機關的劍巫，就算妳不是監視者，只要妳想，妳還是可以留在這座島。妳可以留在這裡啊！」

「我……」

古城的話成了契機，讓雪菜放鬆了全身的力氣。她的雙臂意外用力地將古城抱緊。

「我也不想……離開這裡！因為對我來說……來到這座島以後，每一天的時間都像黃金一樣燦爛……！」

雪菜吐露藏在心裡的想法以後，就像忍著眼淚閉上了眼睛。

接著她緩緩調整呼吸，輕輕地推開古城的身體。雪菜的雙手摸到了古城的臉。隨後，她從幾乎可以感受到彼此呼吸的距離凝望古城。

「學長。」

雪菜柔和地微笑，迷惘和畏懼從她澄澈美麗的眼睛裡消失了。古城的目光離不開她那留有稚氣的臉龐，汗水與血的甜美氣味在挑逗鼻腔，古城感覺到喉嚨強烈乾渴。雪菜呢喃似的

聲音震動了他的耳膜。

「學長，請你吸我的血。因為我會監視學長……一直到最後。」

「姬柊……」

古城在吸血鬼本能的驅使下，將獠牙扎進了雪菜的頸根。銳利的白色尖端緩緩地刺進雪菜的肌膚並且陷了進去。

「唔……」

緊張和痛苦讓雪菜身體緊繃。古城察覺到她的反應，停下了動作。

雪菜則把手伸到古城背後，輕輕地對他細語。

「……不要緊……我沒事的……再深一點……請學長不要放開我……」

好——古城邊說邊用手臂使勁抱住雪菜。他將獠牙深深扎進她的頸根，沉醉在肌膚相觸以及血液帶來的甜美感觸。

「學長……曉學長……」

看似感到疼痛的雪菜一邊吐氣一邊呼喚古城的名字。她全身汗濕，白淨肌膚微微泛紅。

她的身軀一陣一陣地發抖，經過幾次繃緊與抽搐以後，渾身無力地癱軟了。

在像是剛跑完長跑而不停急促呼吸的雪菜再次睜眼以前，古城一直緊緊摟著她。

6

「學……學長的傷勢怎麼樣？」

在古城臂彎裡醒來的雪菜尖聲發問。

雪菜的制服還沒穿好，纖細的頸根上微微留著古城用獠牙扎過的痕跡，就像吻痕一樣。而且剛才緊緊相擁的餘韻仍留在彼此的雙臂，因此感覺莫名尷尬。

「好像還不到完全恢復的程度。不過，和之前比起來好多了。」

為了掩飾尷尬，古城盡可能用公事公辦的語氣回答。接著，他朝重新穿好制服的雪菜瞄了一眼問：

「不提這些了，姬柊，妳那件內衣——」

「是的。這是我向夏音借來的……看起來，會怪怪的嗎……？」

雪菜一邊遮著胸口一邊露出缺乏自信的表情。

古城常因為雜七雜八的原因看見雪菜只穿內衣的模樣，不過她平常穿的胸罩說起來都是樸素單純的款式，唯獨今天穿了裹著輕柔蕾絲，款式可愛的內衣。

儘管那種意外感確實讓雪菜更有魅力，但古城實際上對內衣款式並沒有那麼大的興趣。

「呃，我覺得不錯啊。不過，這樣啊……所以妳身上才會有叶瀨的味道。」

自顧自地點頭的古城釋懷了。他在抱緊雪菜時，之所以會感覺到一絲夏音的氣息，看來並不是出於心理作用。

雪菜的反應卻和釋疑後心情暢快的古城相反，臉上完全沒了表情。

「……什麼？」

雪菜的話還沒傳到古城耳裡，揮出的回馬拳就已經在古城的側腹發威了。唔喔——古城潰不成聲地慘叫。

「好痛！妳幹嘛突然打人……？」

「我不理你了。笨學長。」

雪菜氣呼呼地背對古城。到底怎麼了啦——古城淚汪汪地嘆氣。就在隨後，他們倆腳下傳來了疲倦的說話聲。

「……傷腦筋。好不容易找到人，結果你們這兩個孩子光天化日下在這麼空曠的地方做了些什麼啊？」

「師尊大人……！」

回神的雪菜掩著嘴角倒抽一口氣。

有隻毛色烏亮的黑貓正從公園長椅上仰望著古城他們的身影。緣堂緣的使役魔。古城板著臉望向表情亂有人味的黑貓問：

「妳、妳都看見了嗎！」

「難不成你們做了什麼不能被看見的事？」

呃，不是啦——古城含糊其辭。雪菜趁機撿起銀槍，然後和黑貓拉開距離並擺出架勢。她是在提防緣出手硬把她帶回去。

「師尊大人，我——」

「我明白。我不會再阻止妳。」

被緣當成使役魔的黑貓隨意揮了揮前腳。接著牠用金色眼睛狠狠地瞪著古城說：

「相對的，第四真祖，你可要確實負起責任。」

「負、負責任？」

「把這東西戴到雪菜的手指上。由你來戴。」

黑貓向不自覺地彎下腰的古城指了指自己的脖子。

牠脖子上有貓用的細細項圈。而在項圈的喉嚨一帶，剛好有東西用淡紅色緞帶繫在上面。銀亮的小小圓環。

「……戒指？」

古城靈巧地解開緞帶，將銀色圓環拿到手。造型單純得像是將成對圓環分成上下併在一塊兒的戒指，尺寸相當小，似乎連古城的小指都戴不上去。不過換成雪菜的纖細指頭，或許就能勉強戴上去。

「這好像是用跟『雪霞狼』相同材質做的耶……」

雪菜探頭看向古城的手裡說了。這麼說來，這枚戒指的顏色和雪菜的長槍槍尖很類似。雖然都是相當輕盈的金屬，不過材質肯定比外表所見的更為堅固。

「唉，這類似護身符。要是順利生效，就能防止雪菜繼續天使化。」

緣用不負責任的口氣說明。

「我明白了。」

古城點頭。他沒有想過要懷疑對方所說的話。只要能防止雪菜自我消滅，就算那是毫無根據的符咒或迷信也都無妨。

雪菜似乎也有同樣想法，默默地將自己的左手伸到古城面前。

那枚銀色的戒指感覺非常小，卻像是為雪菜量身訂做一樣套進了她的無名指。雪菜轉了轉手腕確認戒指是否合手。

「看起來似乎沒什麼改變就是了……」

古城失望地嘀咕。他在無意識之間期待著某種戲劇性的變化。

「我有說過吧。這類似護身符，頂多只能祈禱會有效。」

緣用來當使役魔的黑貓若有深意地告訴古城。不過牠終究是貓，古城看不出那張表情有什麼含意。

「學長——」

原本頻頻瞄著左手戒指的雪菜表情緊繃地叫了古城。

隨後，有陣讓古城感到皮膚刺痛的古怪魔力波動傳來。可以看見有深紅光粒在運河對岸——正朝著基石之門的上空噴湧。

變成白色結晶的建築物外牆逐步坍塌。「聖殲」之力將外牆變成了鹽巴。那恐怕是為了入侵建築物內部。

「基石之門……紘神冥駕出手了嗎！不好意思，喵咪老師，麻煩妳照顧煌坂！」

古城抱起黑貓，然後將牠擺在醉得不省人事的紗矢華身上幫忙當看守。黑貓無奈地微微叫了一聲。

「第四真祖小弟，你有勝算嗎？」

「難講耶。畢竟我的眷獸也對他不管用。」

古城苦笑著搖頭。他並沒有打算逞強或自嘲。可是，既然冥駕想對雪菜不利，那他就是古城遲早得對付的敵人。

再說古城也擔心仍被囚禁在「棺材」裡的淺蔥。無論如何，他都沒有逃避冥駕的選項。

即使缺乏勝算也一樣。

「不。不要緊的，學長。我們會贏喔——」

可是，雪菜卻站在古城身邊斬釘截鐵地這麼告訴他。

握著銀槍的少女使壞般抬頭看著訝異的古城，用力對他點了頭。

7

『救……』

畫面傳來少女的聲音。

在這座城市裡被當成偶像的少女求救聲。

街頭的廣告螢幕、家中的電視、電腦與平板電腦、智慧型手機——從所有畫面都傳出了她求救的聲音。少女的亮麗服裝和端正臉孔都保持著原樣，聲音卻抹去了一切情緒，只對著一名少年傳達她的訊息。

像壞掉的播放裝置那樣，周而復始，周而復始。

『古城……救救……這座島……』

人們聽不懂她話裡的意思。

即使如此，他們還是明白。在這座人工島上，有某種狀況發生了，而且有人正在暗地裡打算對抗這樣的狀況。

他們並沒有忘記到處出現求救畫面的現象也有可能是別人在惡作劇或播放器材故障。

即使如此，人們仍暗自在心裡送上聲援：拜託，救救我們的島。

因為他們同樣是這座島的居民。

沒錯。因為這裡是「魔族特區」——

8

基石之門是巨大的建築物。建築物本身為位居絃神島樞紐的大型浮體構造物之一，同時也是一座廣闊的城市。不僅人工島管理公社設址於此，其中更包括絃神市市政廳及特區警備隊總部、餐飲街和城市飯店、有高級時尚品牌設櫃的大樓——種種設施組合為複雜區塊，構成了整座楔狀的建築物。

而在基石之門內部，有座小小的博物館。

正式名稱為魔族特區博物館。裡頭收集了絃神千羅身為絃神島設計者在過去的事業成績，以及有關「魔族特區」的史料，屬於以觀光客為主要服務對象的設施。

然而，現在那座設施裡並沒有觀光客的身影。從「深淵薔薇」事件發生以後，博物館就關門了。畢竟少有好事的觀光客會專程探訪災後重建中的絃神島，而且這座設施對外也宣稱已經在事件中受損。

在這樣一座博物館的辦公區域裡，有一群令人意外的身影。

配備有最新抗魔族裝甲服及槍械的頑強武裝警備員——隸屬於特區警備隊「魔導打擊群」的眾隊員。

而且，受他們保護的是個目光銳利、身穿和服的男子。人工島管理公社的名譽理事——矢瀨顯重。

顯重等人打開寫有「除相關人員外禁止進入（Staff Only）」的門，往博物館地下前進。

出現在他們前面的是讓人聯想到機場管制室，被機械所占滿的空間。

寬廣程度大概同中規模的劇場或Live House。無數螢幕滿布牆面，管制作業區呈階梯狀。作業區內部的控制面板（Console）全都閃爍不停，顯示出它們正在運作。

可是，該坐在位子上的管控員卻遍尋不著人影。

身為顯重部下的那些人全被不明人物弄昏，並帶到了其他地方。簡直像穿越空間一樣，不留任何形跡。

而且，有個嬌小的身影代替那些管控員站在那裡。

留著烏黑長髮的娃娃臉魔女。

「你果然在這裡——矢瀨顯重。」

南宮那月抬頭看向走進管制室的顯重，對他冷冷地微笑。

「南宮那月……『空隙魔女』是嗎？」

顯重面色不改地回答。武裝警備員在這段期間迅速採取行動，用部隊將那月團團包圍。他們未經警告就把槍口指向那月。

呵——吐氣的那月悠然環顧四周。

「這裡就是『棺材』的管制室嗎……為了防止部下背叛便事先準備保險裝置，很像狡猾的你會用的行事方式。」

「區區攻魔局的國家攻魔官，也敢對我大放厥詞。」

顯重用不帶感情的眼神睥睨那月。

「但我准許妳，『空隙魔女』——妳確實有才幹，屬於殺了會嫌可惜的人才。」

那月臉色未變地聽著顯重恐嚇般的語句。

據說潛水艇「咎神之棺」不允許「該隱巫女」以外的人入侵，是與外界隔絕的領域。

然而像矢瀨顯重這種性格的男人，想來並不會真的認同有自己支配力未及的領域存在，更遑論那是啟動「聖殲」的關鍵領域。

矢瀨顯重肯定另外藏有從外部操控「咎神之棺」的方法——那月就是如此判斷的。她的推論似乎押對寶了。

「縱使『棺材』裝載著咎神的睿智，又以神明般的運算能力為豪，它本身單純就是潛水艇。要是將潛水艇切離絃神島，便只有沉入海底一途。」

顯重肅然相告。這些話並不是在對那月說明，而是為了向麾下的魔導打擊群隊員誇耀自己的思慮有多周到。

「留在裡面的藍羽淺蔥會如何？」

那月靜靜反問。顯重似乎有一絲忍俊不禁。

「『該隱巫女』嗎？她是優秀的祭品，但不算無法取代的零件。我得再找新的人選。」

「『棺材』裡應該擺有管控人工島的網路中樞才對。要是失去那東西，絃神市內會陷入大混亂喔。」

「那又怎麼樣？這座島的居民終究只是為了向世界宣揚『聖殲』威力才被聚集的祭品。

只要擔任祭壇的人工島沒事，島上死多少人都是小意思。」

顯重若無其事地斷言。

為了讓絃神冥駕奪走的「聖殲」之力失效，應該要割捨「棺材」——顯重就是如此主張的。其結果會失去藍羽淺蔥的性命，還有讓絃神島產生混亂，對他來說大概都無關緊要。

「還是說，妳要試著用那副身軀來阻止我，『空隙魔女』？」

顯重周圍的空氣幽幽搖晃了。矢瀨家代代相傳具過度適應能力的血統，顯重身為當家之主，自然也具備那種能力。

而且，顯重還察覺到那月身負傷勢。自己縱使要對付「空隙魔女」也不會輸——他應該是有這樣的把握。

那月卻抬頭仰望頭頂，並露出嘲弄人似的賊笑。

「不，我看算了，矢瀨顯重。因為似乎用不著我親自動手。」

「什麼……！」

顯重跟著那月將目光轉向頭頂。

隨後，管制室的天花板崩塌了。形狀同防空洞的牢固外牆像沙粒般逐漸倒塌。不，那並不是沙粒。半透明的白色粉末——是鹽。

有人將建築物的外牆瞬間變成鹽粒並將之搗毀。

「絃神冥駕嗎！」

深紅光粒透過瀰漫如濃霧的鹽塵冒了出來。手握黑槍的絃神冥駕無聲無息地降臨在管制室。

魔導打擊群的隊員們想將槍口對準冥駕，但他的攻擊更快。被深紅子彈擊倒的隊員們一個個化成鹽柱並且解體。

冥駕接著將子彈射向默默杵在原地的顯重。

顯重卻連一根手指都不動，當場就將四面八方飛來的十幾發子彈全部擊落。他放出的不可視之刃和深紅子彈相互抵消了。

「顯重老翁，你能擋下『聖殲』之光啊。會自稱咎神後裔果然有點本事。」

冥駕愉快似的微笑著說。

相對的，顯重臉上浮現了藏不住的焦躁。被冥駕這個叛徒得知管制室的存在，對他而言也在意料之外。

「冥狼，你這跑腿的死人想做什麼——你有何目的？」

「唉，雖然我不希望被人稱呼那個名字，就告訴你吧。」

冥駕一臉從容地回答看似對他恨得牙癢癢的顯重。

「我的目的只有一個——讓咎神該隱完全復活。『聖殲』不過是為此所用的手段。」

「你想讓該隱……完全復活……？」

繃緊太陽穴的顯重驚呼。正是如此——冥駕誇張地張開雙臂。

「如同我的祖父讓我從屍體復生，我要用咎神留在『棺材』的『記憶』讓咎神該隱再生，包括祂的精神，還有意志！為此我可以將自己的身體奉獻給祂——！」

「你瘋了嗎，冥狼！」

顯重嘶聲怒喝，嗓音中聽不出方才的餘裕。他朝冥駕放出的不可視之刃，都被冥駕布下的正十二面體屏障擋住了。

「你的祖父只是想要『聖殲』的禁咒，並不希望讓咎神該隱復活。那種事一旦實現，世界就會毀滅……！」

「告訴你，那正是我所求的。」

冥駕語氣和緩，甚至還有反過來以觀察對方動搖為樂的跡象。

「即使靠絃神島與『亞伯巫女』的運算能力，『聖殲』的效力頂多只能遍及半徑十幾公里——不過要是由身為『聖殲』原主的咎神該隱發揮其權能，應該就能讓效力順著龍脈將整顆行星覆蓋殆盡——」

「原來如此……」

那月代替吭不出聲音的顯重插話了。

「那就是你協助『亞伯巫女』的理由嗎，紘神冥駕？你們倆以死者的軀體復甦以後，想再次摧毀這個世界，目的在於……復仇嗎？」

「是啊，正如妳所說。我們不能原諒背叛我們的這個世界——還有從我們身邊奪走溫暖的那些人。『亞伯巫女』和我都一樣——」

「荒謬……」

矢瀨顯重吐出他的感想。對於心思受制於現世利益的他來說，冥駕的想法是位於理解範圍外的瘋狂產物。冥駕用空洞目光看向臉孔因恐懼而皺起的顯重。

「我們只是在盡身為死者的本分，不需要崇高的理念或讓人心安理得的正義。我們要盡可能拖更多的活人下地獄。所謂魔法，所謂詛咒，原本不就是這樣用的嗎——！這才是屬於我們兩個的『聖殲』！」

在冥駕微笑著宣言的同時，發射了深紅的子彈。

總數並非十或二十，有多達百顆甚至兩百顆以上的正八面體子彈同時撲向矢瀨顯重。連顯重放出的不可視之刃也不可能將其全數擊落。

「唔——！」

顯重的身影在猛烈爆炸下變得看不見了。

極少數存活的魔導打擊群隊員目睹那一幕以後，自然也保不住鬥志。有個疑似小隊長的男子大喊「撤退」，隊員們便各自爭先恐後地逃離管制室。

冷冷地目送他們的冥駕又重新面對那月。

「——接下來換妳嗎，南宮那月？或者妳要像平時一樣，穿越空間逃走呢？就算妳逃得走，這個世界也等於毀了。」

冥駕超然地對那月訴說的聲音裡並沒有敵意。對目前能操控「聖殲」力量的他來說，已經不覺得那月具威脅性。

可是，了解冥駕心思的那月卻「哼哼」地冷笑。

「逃？不對，你錯了。紘神冥駕，必須逃的是你，不是我。」

「什麼……？」

那月流露出奇妙餘裕的模樣，讓冥駕短暫蹙眉。

隨後，足以撼動大地的高密度魔力灌滿了管制室。那股魔力變為翻騰的炫目雷光，幻化成一頭巨大召喚獸的身影。是吸血鬼眷獸。

「『獅子之黃金』——！」

雷光巨獅隨少年悍然的吶喊揮下前腳。

冥駕立刻出槍擋下那一擊。儘管他的黑槍能使魔力失效，卻無法連爆發性魔力造成的衝擊波都一併消除。冥駕直接被震退，並且重重地撞在管制室的牆上。

冥駕之所以仍毫髮無傷，功勞在於從他背後現身的亡靈少女。「亞伯巫女」創造了深紅色屏障將冥駕包覆並加以保護。

濃稠鮮血從起身的冥駕額前流下。他被「寂靜破除者」射傷的傷口在剛才的衝擊中再度裂開了。

那使得冥駕焦躁不已。

更讓他焦躁的是——事實上，剛才那並非針對他施展的攻擊。那頭黃金眷獸只是召喚用來打穿管制室的牆壁。為了盡快趕到這間管制室，就要摧毀礙事的牆壁。那是它被召喚出來的目的，冥駕只是遭受到波及罷了。他已得到連世界都能毀滅的力量，卻狼狽至此。

冥駕用充滿怒意的目光瞪向黑暗深處。

有個露出慵懶臉色的吸血鬼少年站在那裡。

「總覺得講這種話，就好像我服了臭老爸嘴上掛的那套理論，感覺很不爽——」

少年跨過腳下瓦礫找藉口似的嘀咕。手持銀槍的少女在他身邊聽著那些話。

不久，少年緩緩抬頭並瞇起發亮的深紅色眼睛。

「我來終結『聖殲』了，絃神冥駕。」

第四真祖——曉古城意興闌珊地看著冥駕，露出了凶猛的笑容。

深紅子彈貫穿沙塵飛來。具土屬性的正六面體子彈。彈頭在古城腳下炸開，將周圍瓦礫不留痕跡地抹消了。

威嚇射擊。不要再靠近——這是來自冥駕的警告。

「現在你還想玩什麼把戲，第四真祖？我可是說過才對，你不成威脅。」

冥駕用明顯聽得出焦躁的口氣問了。

圍繞在他身邊的深紅光粒正逐漸變成小粒子彈。其數目已經超過幾百顆，眼看就要擴散到整間管制室。假如硬生生被所有子彈打中，就算是吸血鬼的肉體也會徹底消滅，和先前的瓦礫一樣。

秀出如此壓倒性力量的冥駕告訴古城：

「矢瀨顯重似乎想藉著消滅你來宣揚『聖殲』的威力，不過對我來說，你連那種價值都沒有。消失吧。」

「不成威脅是嗎？哎，或許吧……」

古城不感興趣地說。他那種感受不到霸氣的態度，反而讓冥駕露出困惑臉色。古城則回望冥駕，微微地揚起嘴角。

「可是，先不提我好了，換成淺蔥又如何呢？」

「你是什麼意思……？」

冥駕焦慮地抖眉。像在挑釁他的古城刻意朝管制室緩緩地看了一圈。

「在這裡的是用來控制『棺材』的裝置吧？假如你真的掌控了『聖殲』，為什麼現在還要來這裡？」

「原來如此——」

那月望著冥駕沉默的臉，從喉嚨發出尋開心似的格格笑聲。

「要讓該隱復活，就必須取出『棺材』的內容物。哎，道理我懂。畢竟『棺材』是用來保存該隱『記憶』的裝置。不過，假如你真的掌握了『棺材』，只要直接進入『棺材』就可以完事。」

「你不來這裡，就無法和『棺材』內部通訊。明明『亞伯巫女』已經占據『棺材』了，像你這樣做合理嗎？」

古城接著那月的話說下去。

「淺蔥對我說過要我『救救這座島』。要救的不是她，而是這座島。那傢伙只要願意，隨時都能操控『棺材』讓自己逃脫。但她沒那麼做，不就是為了封住『亞伯巫女』嗎？」

「第四真祖，你住口——」

冥駕低吼似的咕噥。亡靈般的少女再次從他背後浮現。「亞伯巫女」的端正臉孔明顯已經因憎恨而扭曲。

古城不予理會，又繼續說：

「絃神冥駕，還有『亞伯巫女』——你們根本沒有掌控『聖殲』。你們操控的只是『聖殲』的表象。因為淺蔥仍然一直將『棺材』的內容物——『咎神』的睿智凍結（Protect）在其中。那傢伙直到現在都隻身保護著絃神島，真不愧是絃神島的偶像。」

如此訴說的古城嘴邊露出了看似自豪的微笑。

絃神冥駕使用的「聖殲」之力強歸強，卻和原本的威力相距甚遠。頂多只能毀滅一座都市，要毀滅世界則遠不可及。

古城原本以為這是「亞伯巫女」強行啟動「聖殲」所致。

但是他錯了。「亞伯巫女」發揮不了「聖殲」的能力並不是因為她身為巫女缺乏正統性，是淺蔥一直都封鎖著「聖殲」的力量。

淺蔥並沒有受困於「棺材」當中。正好相反。她是為了保護古城等人才窩在「棺材」裡沒有出來。照淺蔥的能力來想，獨自應付「亞伯巫女」大概令她閒得發慌吧。

直到最後，淺蔥都沒有對古城說「來救我」。她說的是「救救絃神島」，代表事情就是

如此。古城等人從一開始就被她救了。

「所以說……那又如何！」

冥駕空洞的眼裡染上怒意。他用來虛飾表面的餘裕早被剝落，如今只剩下對世界的憤怒與恨意。

「就算並不完整，『聖殲』之力已經在我手裡。『該隱巫女』所做的抵抗，只要趁現在將你們全部消滅，之後再慢慢處理就行了——！」

「不，紘神冥駕，你的復仇到此為止。因為淺蔥給了我們打倒你的機會——」

笑著露出獠牙的古城全身湧現了無從抑止的魔力。理應可以讓魔力失效的冥駕懾於其魄力，膽怯地退了一步。

「來，我們開戰吧，紘神冥駕——接下來，是屬於第四真祖的戰爭！」

「住口——！」

冥駕將飄在空中的幾千發子彈盡數發射。足以令世界變樣，更可剝奪吸血鬼異能之力的深紅子彈。縱使是第四真祖的眷獸也承受不住那種攻擊。

緊接著，耀眼發亮的神格振動波結界將所有子彈擋下了。

「不，學長，是『我們的』聖戰才對——！」

將銀槍插向地板的雪菜表情毅然地微笑。超越人類極限的龐大神氣正從她全身透過銀槍釋放出來。

那股力量將深紅光粒逼退，並且和冥駕的子彈相互抵銷。

「妳仍然……仍然要來阻礙我嗎，姬柊雪菜——！」

紘神冥駕舉起黑槍。無論雪菜的神氣如何增加威力，只要冥駕有那把能讓靈力失效的長槍，神氣就絕對傷不了他。

明知如此，雪菜依舊果敢衝向前。被青白色光芒籠罩的銀槍劃過大氣朝冥駕伸去。

「『雪霞狼』！」

「七式突擊降魔機槍嗎！就憑這種武器——」

冥駕的黑槍將雪菜的銀槍擋下。不管雪菜再怎麼用助跑加強力道，體重較輕的她在力量上還是無法敵過身為殭屍鬼的冥駕。

即使如此，雪菜眼裡浮現的依舊是信賴的光彩，而非絕望。

「迅即到來，『牛頭王之琥珀（Cor Tauri Succinum）』——！」

「什麼！」

灼熱的熔岩尖錐從冥駕腳下穿出。第四真祖的第二號眷獸，具備熔岩身軀的牛頭神（Minotaurus）所施展的攻擊。

在這座浮於海面的人工島上，那頭操控大地之力的眷獸所能施展的力量極為有限。然而

高達幾千度的熔岩尖槍仍可輕易將殭屍鬼的肉體燃燒殆盡。

因雪菜而分神的冥駕更是防不住那種攻擊。

「唔——『女教皇』！」

被逼到絕路的冥駕開口呼喚「亞伯巫女」。以深紅光粒凝聚成型的亡靈少女在冥駕身邊布下屏障，冥駕勉強撐過古城的攻擊並後退。

左肩噴出濃稠鮮血。

因為當冥駕防範古城召喚的眷獸時，雪菜的長槍就在那一瞬間淺淺地劃過他的身體。

古城一臉無趣地嘆息。

「果真是這麼回事……紘神冥駕。」

雪菜點出了他們對付紘神冥駕的勝算。那是「寂靜破除者」教她的。

在第零層的戰鬥中，「寂靜破除者」的能力曾傷到紘神冥駕，傷到應該已啟動零式突擊降魔雙槍的他。

「我一直以為你的零式突擊降魔雙槍會被稱為失敗作——理由在於那非要身為殭屍鬼的你才能運用。不過，事實並非如此。」

雪菜在一個後滾翻落地以後，又毫不鬆懈地持槍備戰。

「零式突擊降魔雙槍是可以讓靈力及魔力兩種力量失效的可怕武器。但是，它一次只能消除其中一種力量，無法同時消滅靈力和魔力是它具有的弱點。正因如此，那把槍才會被當成失敗作而遭到廢棄吧。」

冥駕默默聽著雪菜淡然的針砭語句。

七式突擊降魔機槍的神格振動波會妨害「寂靜破除者」的能力。那就代表「寂靜破除」是透過魔力驅動的異能，而非靈力。

儘管如此，理應能讓靈力和魔力都失效的零式突擊降魔雙槍卻沒能防範「寂靜破除者」的攻擊，理由就在於——

那一瞬間，冥駕正要讓雪菜的靈力失效。當他抵銷靈力時，便防不了源自魔力的攻擊。相反的，假如要抵銷魔力，冥駕對靈力就會變得毫無防備。好比他遭受古城召喚的眷獸襲擊時，雪菜的槍就能觸及他的身體。

「沒錯——我不願意認同這種不完美的武神具是自己的作品。正因如此，它才會成為『廢棄兵器』。」

冥駕恨恨地低頭望著自己所拿的黑槍。

「不過，妳察覺得太晚了。只要和『聖殲』改變世界的力量一併使用，就能彌補零式突擊降魔雙槍的缺陷。你們根本從一開始就沒有勝算！」

冥駕再次在空中製造深紅子彈。「聖殲」之力是由流動於絃神島表面的龍脈在支撐。只

要冥駕人在這座島上，他就有無窮魔力可以使用。要是戰鬥繼續拖下去，先耗盡力量的會是古城他們。

即使如此，古城的表情仍不顯動搖。

「倒不是你說的那樣！迅即到來，第十眷獸『麿羯之瞳晶（Dabih Krystalos）』——！」

「什麼——！」

古城召喚了長有銀水晶鱗片的美麗魚龍。其前腳為半透明翅膀，近似山羊的螺旋犄角則是發出耀眼光芒的水晶柱。

「亞伯巫女」似乎被水晶柱的光輝迷住，動作因而停下了。掩護冥駕全身的深紅子彈也隨之消失。

「第四真祖的眷獸——？是蠱惑的能力嗎！難道你操控了『女教皇』！」

古城的眷獸支配了身為意念體的「亞伯巫女」。察覺狀況的冥駕將零式突擊降魔雙槍一揮，想斬斷眷獸的魔力。

古城趁機回頭呼喚他嬌小的班導師。

「那月美眉，麻煩妳！」

「哼。」

那月瞬間看出古城的用意，就操控空間打開閘門。

空間扭曲後，地點移轉到基石之門第零層的上空。一般人不會闖進在上次戰鬥中遭受莫大損害的這個區塊。就算古城稍微放開來施展力量，也不用擔心會波及民眾。

「接招吧，紘神冥駕！迅即到來，『水精之白鋼（Sadalmelik Albus）』！『雙角之深緋』！『夜摩之黑劍（Kiffa Ater）』！」

古城開始召喚自己掌握的所有眷獸。下半身為巨蛇的水精靈（Undine）、緋色雙角獸、操控重力的巨劍都毫不節制地朝著冥駕解放魔力。

「多麼……愚蠢的把戲……！」

冥駕一邊布下深紅屏障一邊低呼。

眾眷獸釋出的魔力餘波在基石之門周圍掀起破壞風暴。人工大地遭撕裂，建築物倒毀，到處發生浸水的災情。

保護冥駕的深紅屏障不穩定地搖晃並迸出火花。龍脈對「聖殲」供給的魔力雖是無限的，對其進行管控的「亞伯巫女」運算能力卻有限。

物質還原、暴風及重力——為了讓屬性各異的魔力失效，她正在承受驚人的運算負擔。

話雖如此，冥駕也不能使用零式突擊降魔雙槍的魔力無效化能力，因為身懷龐大神氣的雪菜正持槍備戰。萬一冥駕用零式突擊降魔雙槍讓古城的魔力失效，當下她的銀槍八成就會朝冥駕發動攻擊。

而且——

「還沒完！迅即到來，『獅子之黃金』！『甲殼之銀霧』！『神羊之金剛』！」

古城又召喚了另一群眷獸。多方而來的新屬性魔力攻擊同時朝冥駕來襲。「亞伯巫女」承受的負擔暴增，屏障搖晃的頻率逐漸提高。

「我懂了。第四真祖眷獸具備的多樣化屬性，就是用來對抗『聖殲』的力量嗎——」

因為深紅粒子逆流而受傷的冥駕抿脣笑了。

世界最強的人造吸血鬼——第四真祖是用來打倒咎神該隱的弒神兵器。多達十二頭的眷獸，自然不可能毫無用意就交予如此危險的他。

「可是，不完美的第四真祖啊——同時使用那麼多眷獸，你的精神能撐多久呢？你對我而言果然不成威脅——！」

冥駕耀武揚威地告訴古城。即使令六頭眷獸同時攻擊，也無法打破他那道屏障的防禦，古城遲早會力竭。那樣一來，就再也沒有人能阻止「聖殲」。

即使如此，古城仍露出凶猛的笑容搖頭。

「也對。假如你的對手只有我和雪菜——」

「什麼……！」

冥駕驚愕地猛然睜開瞳孔放大的眼睛。他凝視的是「咎神之棺」——巨大潛水艇的上頭。有輛紅色有腳戰車明目張膽地停在那上面。

而戰車前腳裝備的鑽頭已經鑽破潛水艇船體，有個少女從鑽開的大洞中現身了。邋遢有型的制服，亮麗髮型，看起來儼然就是這年頭的高中女生。她將市面上尋常可見的筆記型電腦捧在脇下。

『讓妳久等了是也，女帝大人——』

有腳戰車的駕駛者口氣誇張地呼喚少女。

從潛水艇中爬出來的少女像剛睡醒一樣伸了個大懶腰並且呼氣。

「就是啊，我都等得不耐煩了。在這裡根本閒得不得了。」

她一說完就隨手打開筆記型電腦，被彩繪指甲點綴得繽紛亮麗的指頭流暢地打起鍵盤。

「唉，多虧如此，我已經完全準備好要算這筆帳了——上吧，摩怪！」

『咯咯，了解嘍，小姐！』

冥駕頭上響起了頗有嘲諷味道的合成語音。

那陣聲音是從飄浮如亡靈且渾身是傷的少女口中發出來的。構成她身體的深紅光粒不一會兒就崩解並改換形體，從既美麗又醜陋的少女樣貌變成有點醜醜的布偶型電腦化身。

「啥！」

圍繞著冥駕的深紅光粒消失。「亞伯巫女」被消滅，「聖殲」的掌控權被搶回來了。

但是，「聖殲」之力並沒有完全消滅。名為摩怪的電腦化身射出好幾發深紅子彈，將子彈灑落於遭到摧毀的基石之門。

隨後，基石之門建築物出現異變。

原本化成鹽柱而倒塌的大廈、應已毀損的外牆、第四真祖眷獸所留下的破壞痕跡——都在深紅光芒籠罩下瞬間修復。令世界變樣的「聖殲」之力逆流以後，被摧毀的城市便再生了，恐怕連死於冥駕手下的魔導打擊群隊員也一樣。

「藍羽淺蔥……這就是……正牌『該隱巫女』的力量嗎？」

留在地上的絃神冥駕因為愕然而聲音顫抖。

「亞伯巫女」已經不在他的背後。淺蔥反過來搶回絃神島的中心運算裝置——五大主電腦，將「亞伯巫女」消滅。

「這樣啊……第四真祖從一開始就是為了剝奪『女教皇』的運算能力才出手攻擊。他篤定只要『女教皇』的運算能力下滑，藍羽淺蔥就能搶回五大主電腦——」

冥駕一邊搖搖晃晃地起身，一邊舉起黑槍。他空洞的眼睛正望著雪菜。即使他希望讓該隱徹底復活的願望遭到斷絕，對於逐漸轉變成模造天使的雪菜所懷的恨意仍沒有消失。

而且他手裡還有零式突擊降魔雙槍。能讓靈力失效的那把長槍，是連模造天使都能誅滅的詛咒之槍。

古城擋到了冥駕面前。

「——結束了，絃神冥駕。」

古城靜靜地說道。從他高舉的右臂冒出了看似鮮血的魔霧。

「喔喔喔喔喔喔喔喔喔喔喔喔喔喔——！」

絃神冥駕高聲吶喊。黑槍槍刃浮現複雜的魔法圖樣，並蒙上能讓魔力失效的耀眼光芒。

此時，從少女口中靜靜冒出了莊嚴的禱詞。

雪菜舉起銀槍起舞。好比向神祈求勝利的劍士，也好比授予勝利預言的巫女。

「狻猊之神子暨高神劍巫於此祀求——」

「繼承焰光夜伯血脈之人，曉古城，在此解放汝的枷鎖——」

身懷神氣光輝的雪菜拔腿疾奔。

古城同時解放了魔力。洶湧狂暴的魔力具現成為幻獸樣貌。那是身上覆有水銀色鱗片的巨大雙頭龍。

「破魔的曙光，雪霞的神狼，速以鋼之神威助我伐滅惡神百鬼！」

「迅即到來，『龍蛇之水銀』——！」

世界最強的少年吸血鬼與擔任其監視者的少女，兩人的高喊聲同時響起。

魔力及神氣同時攻擊，而且冥駕的黑槍無法同時讓兩者失效。

「為什麼……你們明明也是被獅子王機關利用的犧牲者……可是為什麼……」

冥駕的黑槍被雙頭龍以巨顎從中咬斷而碎散。

接著，體格瘦弱的他硬生生承受了「雪霞狼」的神氣，身形搖搖晃晃。他向虛空伸出手，好似要抓住看不見的光，最後便當場跪地倒下。

「冬佳……」

冥駕的嘴脣微微顫抖。碎裂的黑槍碎片落在水泥地上，「叩」地發出乾響。

現場僅剩平穩的寂靜——

那是宣告「聖殲」終結的寂靜。

10

「結束了嗎……？」

古城低頭看著不再動彈的冥駕，看似不安地嘀咕。

悄悄放下銀槍的雪菜則緩緩轉向古城。她露出十分空靈的微笑。那張像是隨時都會消失的嬌弱表情，使得古城的心狂跳。

「姬柊！」

當著呆望的古城面前，雪菜的身子不穩地搖晃。她緩緩倒在立刻趕過去的古城臂彎裡。

雪菜抱起來異常地輕，讓古城感到背後汗毛直豎。

「對……不起……學長。」

雪菜用細語般的微弱聲音說話。古城拚命地摟著她大叫。

「振作點，姬柊！妳以後不是還要一直監視我嗎！」

「對不起……可是……」

雪菜虛弱地抬起臉搖頭，露出了害羞的表情。她非常難以啟齒似的猶豫了一會兒，然後才繼續嘀咕：

「我肚子餓了……」

「啥？」

在這個瞬間，古城恐怕露出了傻眼無比的表情。

咕嚕咕嚕的可愛聲音傳進沉默不語的他耳中。那是雪菜肚子叫的聲音。

「呃……天使化的症狀怎麼樣了？妳身體還好嗎？」

總算打起精神的古城追問。雪菜昏倒的樣子那麼讓人有所聯想，事到如今才說理由只是肚子餓了，他實在無法接受。

雪菜好像也對此覺得過意不去，困擾地垂下目光說：

「呃……好像不要緊。畢竟又沒有發生靈力失控的狀況。」

「可是妳剛才那麼賣力地用了『雪霞狼』耶。」

「那大概……都是靠這枚……戒指。」

雪菜說著伸出了左手。在她細細的無名指上戴著緣所給的銀色戒指。或許是心理作用吧，戒指中心的細小裂縫正發出幽幽紅光。

這是怎麼回事——古城和雪菜偏頭面面相覷。

出現在兩人腳下的一隻黑貓回答了他們的疑問。

「看來似乎順利解決了。」

「喵咪老師……！」

古城訝異地朝黑貓伸出手。緣堂緣的使役魔便順著古城的手臂爬到雪菜肩膀上。牠瞥了雪菜手上的戒指一眼，看似滿意地從喉嚨發出呼嚕聲。

「師尊大人……這枚戒指到底……」

雪菜朝坐在自己肩上的黑貓發問。黑貓則望著古城賊笑，回答她的問題。

「第四真祖小弟……這樣，雪菜就成了你的『血之隨從』。」

「血之……隨從……？」

古城一臉困惑地撇嘴。黑貓深深點頭說：

「也叫作『血之伴侶』或者『新娘』，從身為主人的吸血鬼身上分到了不死力量的假性吸血鬼。」

「新、新娘？」

雪菜聽見黑貓說的話，微微地尖聲叫了出來。

被吸血鬼吸血的人會變成吸血鬼——這是常見的迷信，不過也並非全屬虛構。將吸血鬼的部分肉體納入體內的人，將與身為主人的吸血鬼一樣得到不死之軀。這就是稱作「血之隨從」的假性吸血鬼。

「……欸，意思是妳把姬柊變成假性吸血鬼了嗎！」

古城激動得瞪向黑貓。

假性吸血鬼必定會與身為其主人的吸血鬼活過永恆歲月。那未必是件幸福的事情。明明如此，難道緣堂緣將雪菜變成了古城的「隨從」嗎？而且甚至無視古城和雪菜身為當事者的意願。

「唉，正確來說，雪菜現在並不是真正的『新娘』。只是用那枚戒指當成咒術的觸媒，接起靈能路徑而已。說起來頂多算『訂婚者』吧。畢竟雪菜要是徹底變成『血之隨從』，連靈力都會使不出來。」

「話是這樣說啦……」

有人這樣擅作主張的嗎？古城繃著臉咕噥。另一邊的雪菜則從耳朵到臉都變得通紅，還扭來扭去地說：「訂、訂婚者……」

黑貓傻眼地發出嘆息。

「第四真祖小弟，在你體內應該有眷獸能吞下模造天使的神氣，再將神氣拋到不知位在何處的異空間，對吧？」

「對、對啊。」

古城動作生硬地點頭。和叶瀨夏音交手的過程中，沾染到神氣的他差點喪命，多虧有那頭被稱作「次元吞噬者」的眷獸，他才勉強活了下來。當時獻血給古城並幫忙喚醒眷獸的不是別人，正是雪菜。

「那枚戒指會向你的眷獸借用力量，發揮將『雪霞狼』產生的多餘神氣消滅掉的效果。哎，雖然能不能順利生效，在實際試用以前也沒人知道——」

「意思是姬柊戴著這個，就能和往常一樣生活嗎？」

「有你在她身邊就行。哎，只要是在這座島上，我想你們離多遠都不成問題就是了。」

黑貓隨口回答。雪菜聽了牠的話便警覺似的抬頭問：

「那我的任務……」

「哎，妳暫時還得繼續監視第四真祖啦。畢竟獅子王機關沒有餘裕養不做事的飯桶。」

淡然嘀咕的黑貓哼了一聲。

「師尊大人……」

雪菜的臉一掃陰霾，和方才散發著悲愴感的她判若兩人，表情看來既稚氣又柔和。

然而，古城不太能釋懷似的瞇起眼又問：

「接通靈能路徑的戒指啊……這是用什麼原理製作出來的？」

「怎麼，你不曉得嗎？要創造『血之隨從』，身為主人的吸血鬼得將身上的一部分交給對方。那枚戒指裡裝了你的肋骨碎片。」

「我的肋骨碎片？你們什麼時候弄到那種東西的……啊……！」

古城想起最初和緣堂緣本尊碰面時的狀況。當時她不分青紅皂白就對古城發動攻擊，還砍傷古城的胸膛。

假如緣那次出手，原本就是為了得到古城的肋骨——表示她從一開始就打算救雪菜才會來到絃神島。

既然這樣，從一開始就把事情講清楚嘛——如此心想的古城忍不住嘔氣般瞪向黑貓。

「話說戒指裡裝了別人的骨頭，感覺不會很噁心嗎？」

「總比唾液或頭髮像話吧。這東西有經過消毒再加熱塑形，應該並不髒——再說，噁不噁心也要看戴的人心裡怎麼想。」

黑貓說完就朝雪菜的臉龐瞄了一眼。

雪菜將自己的左手反覆開開闔闔，滿足地望著無名指上的戒指。古城完全想不透她是用什麼心情在看待那個東西。

但是，古城看著雪菜那副模樣，腦裡忽然閃過一個想法。

「欸，紘神冥駕那傢伙……為什麼要說那把黑槍是失敗作呢？」

古城突然的疑問讓黑貓「唔」地抖了抖鬍子。

不只可以驅散魔力，更能將靈力抵銷的武神具。冥駕原本在獅子王機關擔任技術人員，感覺並不需要那種武器。畢竟就像零式突擊降魔雙槍曾讓雪菜陷入苦戰一樣，會使靈力失效的武器也會剝奪劍巫的戰鬥力。

不過，假如那是為了解救因靈力失控而逐漸天使化的情人才製作出來的道具——

「那傢伙的槍，該不會是為了那個叫冬佳的人所製造出來的吧？對他來說，那把槍是不是和姬柊的戒指一樣……」

「或許吧。他本人應該絕不會承認就是了。」

黑貓用有些落寞的語氣嘟噥。

雪菜則默默咬緊嘴脣，將目光轉向倒地不起的冥駕。

「咦……！」

回頭的她臉色緊繃。古城也跟著轉頭，並且愕然睜大眼睛。

應該力竭倒在地上的冥駕不見人影，只剩斷裂的黑槍碎片。

「紘神冥駕……消失了？」

古城手足無措地杵在原地嘀咕。

冥駕沾染到龐大神氣，並不能動彈。何止如此，他應該連保住肉體都有困難。然而實際上冥駕的身影卻不見了。

「那傢伙……去了哪裡……？」

古城漫無目標地問。

沒有人回答他的疑問，唯有耀眼陽光仍靜靜地渲染著午後的紘神島。

11

那個少女在基石之門最深處的通道等著他。

戴著土氣眼鏡，樣貌樸素的少女，脇下捧著厚厚書本。

雖然那裡是只有人工島管理公社的上級理事才准通行的機密祕道，她卻出現在那裡，矢瀨顯重對此並沒有特別訝異。

「獅子王機關三聖——閑古詠嗎？聽說妳曾被絃神冥駕重創，現在已經可以出來走動了嗎？」

顯重冷冷問道。不過，對她表示關心的他本身也絕對難說是狀況良好。全身的肉都被轟得坑坑巴巴，剪裁合身的和服吸了血而染得污黑。那是被絃神冥駕以深紅子彈打穿的傷。

少女凝望著顯重那副模樣，然後恭敬地低頭行禮。

「託你的福。」

顯重趁她將目光轉開的那一瞬間，發動了自己的過度適應能力。透過念動力製造出的不可視之刃，可以將映於眼簾的一切統統切碎的能力。

由於那並非運用魔法施展的攻擊，因此任何結界都擋不了。即使靠劍巫的未來視能力，也不可能看穿不可視之刃。就算要對付獅子王機關的三聖，也能確實將其斃命的攻擊——

然而，得要他真的有辦法發動攻擊就是了。

「唔喔……！」

短瞬的寂靜降臨，然後遭到破除——當顯重如此感受到的時候，身體已經撞在通道牆壁上了。撕下的書頁深深扎入顯重的雙臂，將他整個人釘在牆上。而且他的能力並未發動。

在顯重的能力生效前一刻，少女的攻擊就已經結束。

「沒用喔，矢瀨顯重。你的能力對我無效。」

少女一邊闔起書本封面一邊靜靜地告訴顯重。

呵——顯重自嘲般微笑。

「『寂靜破除』……絕對先制的攻擊權嗎？令人生厭的玩意。妳的家族明明也和我們一樣，都是咎神的後裔。」

「是啊。和你們一樣蒙受詛咒。」

少女不顯自豪地點頭，並且拿出了一張文件。

法院發出的公文——逮捕令。

「矢瀨顯重……我要以獅子王機關之名將你拘提。你涉嫌實行及幫助大規模魔導恐怖攻擊，此外也接獲了你有多項嚴重違反特區治安條例的報告。」

「想靠獅子王機關的權力拘提我……妳覺得妳辦得到嗎？」

儘管臉孔因劇痛而皺起，顯重仍冷靜地反問。只要動用本身的權力，他想對區區獅子王機關怎麼樣都行——傲慢口氣中有如此的自信在為他背書。然而——

「——在你擔任矢瀨財團會長的期間應該辦不到。」

回答顯重問題的人並非古詠，而是從通道裡面現身的年輕男子。

顯重認出男子的樣貌，眼皮微微抽搐。

「我懂了，幾磨……是你居中牽線……」

顯重平靜地說了。他掩飾著內心的動搖，設法保有威嚴——那種反應倒顯現出他有多驚訝。一直以來都把親生兒子們當消耗品對待的他，現在頭一次被逼到遭人割捨的立場。

矢瀨幾磨不理會父親心中的動搖，用一如往常的官腔語氣告訴他：

「方才在長老會議中，代替死亡的前任會長矢瀨顯重接掌當家的人已經選出來了。新總帥是基樹。」

「什麼……？」

「不需要驚訝吧。他也是禁忌四字的正統後裔，而且他還是獅子王機關的三聖之長、『該隱巫女』——以及第四真祖的盟友。我們也得到了MAR的沙夫利亞爾・連總裁的支持。假如這次的『聖殲』成功，狀況大概就不一樣了吧。」

怎麼會——顯重不出聲音地嘀咕。他不明白自己是在什麼部分失算了。以往他認為不值一顧而割捨掉的那些人，在不知不覺中得到了力量，正打算威脅他的地位。原因不僅是絃神冥駕的背叛或「聖殲」的失敗——簡直像這座「魔族特區」有了意志，想除去顯重一樣。

「你真以為憑你這種小角色，就能執掌這座『魔族特區』？絃神島所藏的黑暗面，可是同義於人類黑暗面的啊。」

顯重表露出原原本本的情緒大吼。

幾磨毫無感情地嘆氣，然後露出有些落寞的微笑。人稱「寂靜破除者」的少女也露出了類似的表情。

那種表情彷彿想訴說：他們對這些早就心知肚明。

「我會記在心上，父親。」

幾磨對受傷的父親留下這句話以後，便漸漸消失在昏暗通道的深處。

消失在絃神島的黑暗深處——

終章

Outro

紘神冥駕徘徊在人工島西區的暗巷。

他用了事先縫在體內的咒符來發動空間移轉的術式。要靠殭屍鬼不會感到痛楚的肉體才能用這種技倆。若非使出這種手段，他絕不可能逃過技高數籌的緣堂緣。

然而，冥駕的不死之軀已經開始崩解了。全身冒出深深裂痕，像乾掉的沙雕一樣逐步瓦解崩落。那是姬柊雪菜將龐大神氣灌入他體內所致。從屍體製造出來的肉體受到淨化，正逐漸變回原本該有的面貌。

「『女教皇』……！」

冥駕用精神感應術式呼喚「女教皇」。

她的化身被藍羽淺蔥竊占，但是從屍體再生而成的「女教皇」本尊目前應該還留在MAR的研究所。只要得到那個「女教皇」的幫助，冥駕現在還是可以使用「聖殲」之力。當然在喪失「棺材」的管理者權限以後，要應付大規模戰鬥並無可能，不過要修復即將毀壞的肉體應該還負擔得起。不對，要是負擔不了就頭痛了。

「回答我，『女教皇』……『亞伯巫女』……！」

冥駕一面對抗自我崩壞的恐懼，一面呼喚「女教皇」。可是得不到她的回應。

能與「女教皇」進行精神感應的術式是MAR交給他的。

既然他的精神感應術式不能用，可以想到的可能性只有一種。

MAR和絃神冥駕做出切割了。背叛矢瀨顯重，還敗給第四真祖的他已無利用價值。MAR應該就是如此判斷的。

「可惡……」

用手撐著巷子牆壁的冥駕猛喘氣。他的指頭有好幾根從中折斷，並且化成沙子灑到地上。肉體比他想像的更接近極限。

在他身邊傳來了聽似愉快的說話聲。

「背叛獅子王機關，背叛祖父，又背叛矢瀨顯重的男人，最後是被MAR背叛拋棄。真難看呢，絃神冥駕……」

「……唔！」

冥駕訝異地抬起臉。有個體格修長的男子站在巷道暗處。身穿純白西裝，金髮碧眼的吸血鬼貴族。

「迪米特列．瓦特拉……」

為什麼你會知道要來這個地方？懷有疑問的冥駕將目光落在自己的右臂。他在首次和第四真祖交戰後失去一臂，後來才由瓦特拉替他補回了那隻手臂。恐怕是在修補過程中裝了發

訊器之類的吧。真是個意外細膩的男人——冥駕感到佩服。

「儘管結局對你來說很遺憾，不過我要向你道謝，紘神冥駕。多虧有你，我才省得無聊。不對，我被取悅得相當開心。」

瓦特拉用作戲似的誇張口吻予以讚賞。

冥駕傻眼地聳了聳肩說：

「取悅？被用來消滅你們魔族的禁咒取悅嗎？」

「當然了。足以消滅吸血鬼真祖的力量——很迷人不是嗎？」

瓦特拉說著便雋朗地笑了。瞬時間，冥駕臉上失去表情。

冥駕即將毀壞的肉體因恐懼而開始發抖。迪米特列．瓦特拉這個男人來到紘神島後一再出現的隨興之舉，種種行為可以堆砌成一個形體。

駭人的想像。而冥駕察覺到了這一點。

「我懂了……迪米特列．瓦特拉……你來紘神島的真正目的是……」

冥駕被瓦特拉的秀麗碧眼瞪住，已經動彈不得。

他的處境好比被蛇盯上——名符其實的蛇，要是輕舉妄動就會瞬間被吞掉。無論要逃走或臣服，這位俊美的吸血鬼貴族應該都不會允許。

假如有唯一被他認同的可能性，那就是——

「『聖殲』之力——雖說不完美，但你現在還是能用吧？試試看如何？」

瓦特拉挑釁般告訴冥駕。沒錯。這個男人所求的永遠只有一件事——賭上生死的搏鬥。

「唔……啊啊啊啊啊啊啊啊啊啊啊……！」

冥駕終於喊了出來。他朝瓦特拉伸出的右臂被光粒包裹著。

既然得不到「女教皇」支援，冥駕就無法操控深紅子彈。現在的他只能把自己的手臂當成祭品，藉此喚出「聖殲」之力。

能讓吸血鬼的異能之力失效，足以改變世界的光輝。只要用那一轟，就算對手是瓦特拉，打倒他的可能性並非為零。瓦特拉神情陶醉地望著冥駕那拚上性命的抵抗。

「沒錯……那才是夠格讓我吞下的力量……！」

瓦特拉露出獠牙。他放出的破壞性魔力波動在一瞬間就將冥駕受創的肉體擊倒了。「聖殲」之光根本毫無意義。

冥駕僵硬的喉嚨被瓦特拉扎入獠牙。戰王領域的「蛇夫」從中吸取的並非冥駕混濁的血，而是冥駕以往的「記憶」本身。

「迪米特列・瓦特拉……你的目的是……『聖殲』的知識……得到咎神的睿智……」

冥駕最後的細語發不出聲。因為在那之前，他的喉嚨就被咬斷了。

冥駕的肉體在超出極限後崩潰瓦解並冒出白煙，消失得無影無蹤。

人工島西區的暗巷。在絃神島的暗處，潔白獠牙被鮮血染黑的瓦特拉高聲笑了出來。

「這樣舞台就準備好了。來吧，召開最後的『宴席』。讓我們一同優美地起舞，曉古城。優美而優美而優美而優美而優美而優美而優美而優美而優美而優美而優美而優美地——」

†

傍晚——

古城和雪菜帶著淺蔥走在海濱步道上。

目的地是古城他們家那棟公寓。長時間的戰鬥與疲勞讓古城等人都一副慘兮兮的模樣，再加上淺蔥到處受人注目，因此他們沒辦法搭公車或單軌列車，才有氣無力地拖著疲倦的身體一直用走的。

「為什麼我非得偷偷摸摸地遮著臉走路啊？」

在悶熱潮濕的天氣裡戴棒球帽和口罩的淺蔥對古城抱怨。

沒辦法啊——古城拚命安撫她。

「因為妳是名人。哎，暫時忍耐吧。人工島管理公社也說當作為這次風波賠罪，會派護衛給妳直到騷動平息下來。大家遲早會忘記的吧。」

「嗚嗚～～……我已經命令摩怪把網路上的留言統統刪掉，可是沒完沒了嘛。哎唷，對付『亞伯巫女』根本比這容易多了！」

淺蔥望著愛用的手機畫面深深地嘆息。

要說煩人確實是煩人，不過古城很能理解淺蔥想發牢騷的心情。畢竟她被關在潛水艇裡長達兩星期之久，長相和名字還在這段期間傳遍了整座絃神島。

淺蔥甚至還被人拍了連自己都沒有印象的宣傳影片。正常來想，在這種狀況下就算她陷入恐慌也不足為奇。

幸好市民的反應大多帶有善意，不過那碼歸那碼，到處被陌生人搭話其實也是件很累人的事。

因此在這之後，淺蔥得承受意外落在肩膀上的苦頭一陣子。

結果，「聖殲」最大的受害者果真是她。

「不過藍羽學姊，妳的身體真的沒事嗎？」

揹著黑色硬盒的雪菜戰戰兢兢而又客氣地問淺蔥。

淺蔥被軟禁兩週，還跟「亞伯巫女」打了場電子戰，原本應該要住院好好地接受精密檢查才對。

實際上，南宮那月和麗迪安也打算幫忙安排醫療機構，不過淺蔥說了一句「麻煩」就閃

人，直到現在——來龍去脈便是如此。

然而，淺蔥卻一臉缺乏緊張感地搖頭。

「對啊。哎，我被關在潛水艇的期間算是處於時間靜止狀態吧？類似冷凍保存的感覺。害我現在肚子好餓——」

「妳都把便利超商的飯糰全部買完了，就別抱怨啦。站收銀台的大哥嚇到了耶。」

古城嘀嘀咕咕地用淺蔥不一定能聽見的音量回嘴。

畢竟目前當紅的在地偶像一走進店裡，突然就把總共三十顆的飯糰都買光，最後還在店內用餐區全部吃掉，不難想像店裡打工的青年店員會有多驚訝。

「我想進家庭餐廳吃飯就引起騷動還被趕出來，有什麼辦法嘛。」

淺蔥噘起口罩下的嘴脣，幽怨地望著古城。

接著她當場一個轉身，重新面對後頭的雪菜問：

「不說這些了，我從剛才就覺得好奇——姬柊學妹，妳那枚戒指是怎麼了？」

「妳問……這個嗎？」

雪菜吃驚地睜大眼睛。大概是淺蔥眼尖地注意到那枚款式並沒有多醒目的戒指，才讓她嚇到的吧。

「呃，這是我請曉學長幫我戴上的，結果就拔不掉了——」

「什、什麼？」

淺蔥聽完雪菜吞吞吐吐的說明，像是大吃一驚地眼睛都亮了。

雪菜反而被淺蔥那種過頭的反應嚇得慌了手腳，連忙又說：

「妳誤會了。呃，曉學長不是那種意思，他只是把這當成護身符才替我戴上去——」

妳誤會了——雪菜拚命辯解。儘管她沒說錯任何一件事，淺蔥的心情卻越來越差。

淺蔥惡狠狠地用充滿殺氣的眼神瞪向古城問：

「哦～……能不能請你詳細說明這是怎麼回事呢？」

「不是啦，我們這邊也出了不少狀況，在妳被關進潛水艇這段期間。」

「不少狀況是什麼意思！」

「啊～～總之呢，要詳細解釋會扯到非常麻煩的事情，簡單說就是……」

被淺蔥逼問的古城欲振乏力地準備開口。

就在這時候，從行人穿越道對面傳來了聒噪的叫聲。

「啊～～找到妳了！雪菜！」

看似去探望過父親的曉凪沙指著古城等人大叫。

在人行道燈號轉綠的同時，凪沙就氣沖沖地朝古城等人趕來。她那種氣勢讓古城有了不祥的預感。

「凪、凪沙？怎麼了，看妳臉色這樣……」

「還問我怎麼了！古城哥，你都對雪菜做了什麼好事，白痴！禽獸！雪菜，妳還好吧？不管發生什麼，我都站在妳這邊喔！」

凪沙拿托特包甩在古城臉上，然後緊緊握著雪菜的雙手，淚光閃爍地連珠炮講個不停。古城和雪菜都莫名其妙地呆望著她。

「禽……禽獸……？」

「凪、凪沙？」

「在這種年紀就被叫姑姑，我確實會有點抗拒，不過如果雪菜要來當我們家的嫂嫂是完全OK的，而且我覺得雪菜生的寶寶肯定很可愛。重要的是名字怎麼辦？是男生嗎？還是女生呢？」

「寶、寶寶……？」

淺蔥聽見凪沙投下的震撼彈，恍神似的連下巴都掉了。

看起來真的很困擾的雪菜則目光游移不定地說：

「對、對不起，凪沙。妳到底在講什麼……」

「你們不用隱瞞喔。沒關係。我都聽煌坂姊姊講過了！」

「妳聽紗矢華講的？」

好像連雪菜都開始感到不安了，她的臉上蒙上陰影。

那傢伙搞什麼啊——古城忍不住仰頭向天。

毫不心虛的凪沙像是在摸索記憶，把手湊在自己的嘴脣說：

「她說古城哥害雪菜的身體出了大事，而且檢驗劑測出來的結果是陽性。這麼說來，雪菜最近一直沒什麼精神，又都不吃飯……」

「啊……」

似乎心裡有數的雪菜大大地眨了眼睛。

接著她噗哧地小聲笑了出來，然後還低下頭，肩膀開始發抖。那是在拚命忍笑。紗矢華和凪沙鬧出的天大誤會，八成讓她覺得很逗趣吧。

然而雪菜那副模樣由旁人看來倒也像在哭。

「怎、怎麼回事啦，古城！什麼檢驗劑測出來是陽性……你該不會是想用那枚戒指負起男人的責任……！」

揪住古城胸口的淺蔥用高八度的聲音逼問。

頸動脈受壓的古城不能好好呼吸，拚了命扯開嗓門說：

「不是那樣！姬柊妳也別笑了，快幫忙！聽我講話！誤會啦————！」

世界最強吸血鬼的哀號聲順著海風，逐漸溶入傍晚的天空。

這是新「宴席」開始前的短暫安寧。

還要再過一會兒，他們才會察覺這個事實。

後記

一回神，離上集就隔了五個月之久。好久不見。所以說，《噬血狂襲》第十四集已向各位奉上。

這集是「聖殲」的解謎篇。包括人類與魔族的關係、圍繞絃神島的陰謀、絃神冥駕的身分等等，以往讓古城等人頭痛的許多謎團，應該都徹底解開了。結果登場人物中也有幾位因而面臨了莫大的轉機，要是能讓各位享受到當中的小小變化便是我的榮幸。

在這次劇情中，個人印象深刻的到底還是淺蔥出道當偶像的橋段吧，我想。雖然以潛力而言，她是個就算成為偶像也不奇怪的角色，但在性格方面實在不合適，想像她當偶像要怎麼應對進退會很好玩。還有讀過本篇的各位應該都發現了，這次對古城和雪菜往後的關係來說，算是挺重要的故事。話雖如此，感覺兩位當事人的一舉一動好像都跟平常差不多，但我想之後那個道具就會產生莫大的意義。

還有個不能忘記的橋段，就是另一段吸血的場景。終於有古城以外的吸血鬼吸血了（或者應該說：居然是你們擔綱演出啊？），要是這樣能讓大家心情澎湃就太令人高興了。

我想各位應該早有聽聞，在本集上市後，預定將會接著推出《噬血狂襲》的新廣播劇ＣＤ和新ＯＶＡ。我也去了廣播劇ＣＤ的錄製現場稍微叨擾，不過多虧有久違的配音班底聚集在一起飆演技，現場做出了非常有趣的作品。即將完成的ＯＶＡ也跟ＴＶ動畫版一樣，有幸獲得傑出的製作陣容竭力付出，我認為內容是可以回應各位支持者所懷抱的期待，請務必觀賞指教。

此外，《月刊Comic電擊大王》也正在連載漫畫版《噬血狂襲》，單行本第七集已經趕在這本小說前先上市了。在最新一集中，戰鬥場面的魄力自然不提，拉·芙莉亞（當然還有雪菜等人也是）都表現得既可愛又棒，同樣請各位務必看看。

照預定，《噬血狂襲》在下一集終於要為第一部作結了。雖然我本身也希望讓這部系列再多活躍一段時間，不過姑且還是先告一段落。

煩請各位陪著古城他們活躍到最後。

總是用精美插畫點綴本作的マニャ子老師，這次也受了你相當多照顧，誠摯感謝。負責漫畫版的ＴＡＴＥ老師，謝謝你每次都畫出精彩的作品。

另外我也要向所有和製作、發行本書的相關人士致上由衷謝意。

當然，對於讀完本書的各位讀者，我也要致上最高的感謝。

那麼，希望我們還會在下一集見面。

三雲岳斗

Kadokawa Light Novels

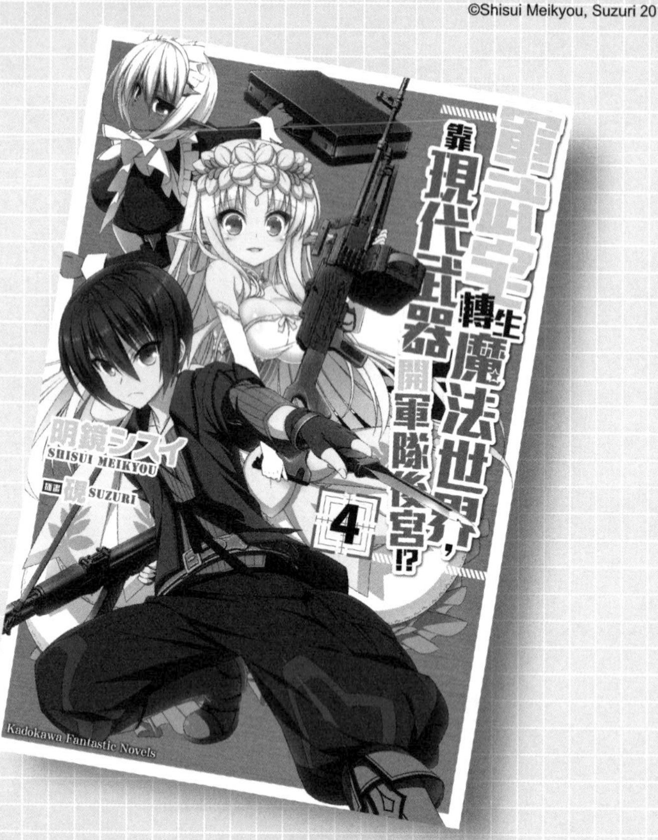

軍武宅轉生魔法世界，靠現代武器開軍隊後宮 1~4 待續

作者：明鏡シスイ　插畫：硯

為了拯救前來求助的高等精靈公主，
這次將推翻王國毀滅的預言！

高等精靈王國第二公主麗絲與她的親衛女僕席雅出現在琉特等人面前。她們的王國被預言將在一夜之間毀滅，能拯救此危機正的是手持「不可思議筒狀武器」的勇者！敵軍是多達萬人的龍人士兵——「軍武宅」琉特將與同伴們一起穿越陰謀重重的戰場！

各 **NT$200~220/HK$60~68**

台灣角川

Kadokawa Light Novels

©Ryuto,Rein Kuwashima 2014

29歲單身漢在異世界
想自由生活卻事與願違!? 1 待續

作者：リュート　插畫：桑島黎音

網路人氣爆表的主角威能系小說！
獲得犯規能力，每場冒險都充滿LOVE LOVE危機！

三葉大志是個將邁入三十歲的大叔，身材肥胖的約聘員工……這樣的他回過神時，卻身處在不管怎麼看都是奇幻世界城塞都市的地方。暫時先接受現況的他，決定利用可以說是犯規的能力，以冒險者的身分活下去。豈料同為冒險者的少女瑪爾竟投懷送抱……

NT$220/HK$68

Kadokawa Light Novels

破除者 1~3 待續

作者：兔月山羊　插畫：ニリツ

一刻都不容鬆懈的智慧頭腦戰——
劇情刺激又令人緊張不已的人氣懸疑小說第三彈！

超過一百五十名葉台高中學生開心參加森林夏令營之餘，竟全數遭到綁架！嫌犯是率領眾多武裝信徒，戴著狐狸面具的少女——她正是暗中計劃恐怖攻擊行動的神祕邪教「黑陽宗」教祖。包括彼方和理世，學生們只能在嫌犯脅迫下協助恐怖攻擊行動……

各 **NT$220~240/HK$68~75**

Kadokawa Light Novels

夜櫻—吸血種狩獵行動— 1 待續

作者：杉井光　插畫：崎由けぇき

杉井光老師眾所矚目的最新系列作！
一場在染血夜晚底下的純真吸血鬼動作片就此掀開序幕！

在不遠的未來，科學證實了「吸血種」的存在。而負責為了保護人類設立的搜查第九課的警部櫻夜倫子，正是狩獵吸血種的吸血種。她和笨蛋熱血的新搭檔桐崎紅朗在吵個不停的日常中漸漸培養出默契，攜手追逼擴大吸血種感染的組織「王國」，探查到底——

台灣角川

NT$240/HK$75

國家圖書館出版品預行編目(CIP)資料

噬血狂襲 14 黃金時光 / 三雲岳斗作；鄭人彥譯
-- 初版. -- 臺北市：臺灣角川, 2016.10
面；　公分
譯自：ストライク・ザ・ブラッド 14 黃金の日々
ISBN 978-986-473-322-4(平裝)

861.57　　105016590

Kadokawa Fantastic Novels

噬血狂襲 14
黃金時光

（原著名：ストライク・ザ・ブラッド 14 黄金の日々）

2016年10月27日　初版第1刷發行
2020年9月3日　初版第3刷發行

作者：三雲岳斗
插畫：マニャ子
日版設計：渡邊宏一
譯者：鄭人彥

發行人：岩崎剛人
總編輯：蔡佩芬
編輯：孫千棻
美術設計：黃永漢
印務：李明修（主任）、張加恩（主任）、張凱棋

發行所：台灣角川股份有限公司
地址：105台北市光復北路11巷44號5樓
電話：（02）2747-2433
傳真：（02）2747-2558
網址：http://www.kadokawa.com.tw
劃撥帳戶：台灣角川股份有限公司
劃撥帳號：19487412
法律顧問：有澤法律事務所
製版：巨茂科技印刷有限公司
ISBN：978-986-473-322-4